ON A TOUT L'AUTOMNE

ÉDITIONS LA PEUPLADE
339b, rue Racine Est
Saguenay (Québec)
Canada G7H 1S8
www.lapeuplade.com

DISTRIBUTION POUR LE CANADA
Diffusion Dimedia

DIFFUSION ET DISTRIBUTION POUR L'EUROPE
CDE-SODIS

DÉPÔTS LÉGAUX
Bibliothèque et Archives
nationales du Québec, 2022
Bibliothèque et Archives
Canada, 2022

ISBN 978-2-925141-41-9

•

Les Éditions La Peuplade reconnaissent l'aide financière du gouvernement du Canada pour ses activités d'édition et remercient le Conseil des arts du Canada, la Société de développement des entreprises culturelles du Québec (SODEC) et le gouvernement du Québec, par l'entremise du Programme de crédit d'impôt pour l'édition de livres du Québec (gestion SODEC), du soutien accordé à son programme de publication.

Financé par le gouvernement du Canada | Canada

ON A TOUT L'AUTOMNE

Juliana Léveillé-Trudel

LA PEUPLADE **ROMAN**

À mon ami Jean-Louis
qui a tant aimé Salluit

–1

La ville a disparu depuis plusieurs heures, avec sa chaleur d'été incrustée dans l'asphalte malgré septembre qui avance. Je migre à l'envers dans le ciel bleu éclatant, un jour de Grand Nord qui se montre tout doux, qui fait semblant que ce n'est pas si froid chez lui et que la vie n'y est pas si rude. La toundra débordée de petits fruits vire au rouge ; par le hublot, on voit les collines flamboyer à l'infini. S'il pleuvait, la terre serait brune, ce ne serait pas laid, juste un peu moins spectaculaire.

Au milieu de l'aéroport de Puvirnituq, une femme et un ours polaire s'affrontent, figés dans la pierre.

La vieille femme qui étouffa un ours avec sa mitaine.

La lumière exubérante qui se déverse par la baie vitrée embrasse chaque ride creusée dans le visage de l'Inuk, chaque poil dans la fourrure de la bête.

Derrière eux, les portes s'ouvrent pour laisser passer une silhouette familière, vacillant en talons aiguilles sous le poids d'un sac à dos trop lourd, le visage très maquillé, la veste de cuir ouverte sur un décolleté plongeant.

Maggie.

Elle ne me remarque pas, elle file directement au comptoir d'enregistrement et laisse tomber son sac sur le tapis à bagages. Au-dessus de sa tête, le tableau indique que l'avion pour Salluit est en retard. Ce n'est pas grave, on a de la place pour s'asseoir maintenant.

La première fois que je suis venue, le nouvel aéroport n'était pas encore construit, on était les uns sur les autres. Il n'y avait pas de vieille Inuk, pas d'ours polaire, pas de fenêtres pour que le soleil puisse se répandre.

Maggie s'avance vers la salle d'attente, billet en main, elle se prend un jet de lumière dans les yeux et grimace avant de poser d'énormes verres fumés sur son nez. Je lève une main timide pour la saluer, je tapote le siège vide à mes côtés.

You're back? Are you a teacher now?

Elle reste debout, repose son poids sur une jambe, puis sur l'autre. Ma main déçue pianote doucement sur la chaise.

Je réponds en français : non, je suis une élève.

Tikisimavunga inuttitut ilinniariarsunga.

(Je suis venue étudier l'inuttitut.)

Maggie échappe un petit rire.

So you're gonna go to school or what?

Je souris.

Des fois. On sera peut-être dans la même classe.

Elle secoue la tête, s'éloigne en marmonnant.

Not going back to fucking school anymore.

Elle repasse la porte dans l'autre direction, s'allume une cigarette qu'elle fume en regardant au loin, elle cherche peut-être le couple de cygnes qui flottent habituellement sur le petit lac en face de l'aéroport. Je ne sais pas s'ils sont encore là, les choses peuvent changer, les oiseaux peuvent aller se baigner ailleurs.

À Salluit aussi, il y a un lac près de l'aéroport, mais pas de cygnes dedans, juste une poignée d'enfants, parfois, l'été, pantalons remontés au-dessus des genoux, jambes coupées à mi-mollets par l'eau glacée.

Ikkii!

(C'est froid !)

Je ne m'y suis jamais baignée, moi, sauf les orteils.

Dehors Maggie écrase son mégot, puis rentre et s'affale sur un banc. Je l'observe à la dérobée pendant qu'elle somnole, je cherche le visage de la petite fille qui jouait au ballon chasseur en espadrilles dans le gymnase.

Peut-être là, dans la rondeur des joues. Ou ici, dans la moue boudeuse qui peut facilement se changer en sourire.

Je la regarde dormir, je me demande ce qu'elle fait toute seule à Puvirnituq. Un séjour au foyer de groupe ? Quand les policiers se lassent des adolescents qui roulent en boucle la nuit, le désespoir et la fureur dans le sang, ils les envoient se réhabiliter pour quelque temps, mais personne n'est dupe, les fins de semaine au *rehab*, c'est une punition, pas une chance de s'en sortir un jour.

L'appel pour l'embarquement réveille Maggie en sursaut. Je traîne derrière en espérant la retrouver dans la file d'attente, mais quelques passagers se glissent entre nous, et dans l'avion l'écart se creuse encore : Maggie se laisse choir dans un fauteuil à plusieurs rangées du mien.

On se reprendra. On a tout l'automne. *Ukiaq*.

L'avion vole trop haut, on ne voit pas septembre embraser la toundra, l'avion monte et descend entre les villages le temps d'un baiser furtif à la piste d'atterrissage puis repart de plus en plus loin vers le nord.

Entre Ivujivik et Salluit, je m'accroche au hublot tellement fort que j'ai peur de le briser. J'étire le cou pour voir si Maggie contemple le paysage elle aussi. Elle a l'air de dormir, je voudrais lui dire *regarde Maggie, les fjords et les falaises entre Ivujivik et Salluit, c'est peut-être la plus belle chose que j'aie vue de ma vie*.

Cap Wolstenholme, le point le plus septentrional du Québec. Les Inuit disent *Anaulirvik*. Je désapprends la géographie, j'appelle les endroits par leur nom. Je m'enfarge dans Kangiqsualujjuaq au lieu d'utiliser George River. J'ai un vrai dictionnaire à présent, mais j'ai quand même gardé mon vieux cahier, avec les mots écrits au son minutieusement récoltés auprès des enfants. Un maigre lexique pour tenter de se comprendre : *venez ici, assoyez-vous, avez-vous compris, taisez-vous, placez-vous en cercle, placez-vous en rang, dépêchez-vous, êtes-vous prêts, arrêtez, attendez, reculez, avancez, regardez, encore, un peu, beaucoup, là-bas, ici, maintenant, hier, aujourd'hui, demain, oui, non, peut-être, comment tu t'appelles, quel âge as-tu*.

On avait joué à *Twister*, une fois, j'ai appris les parties du corps, les couleurs, la droite et la gauche. Et tous les noms d'animaux.

Anaulirvik : endroit où jouer au baseball.

Il y avait un beau terrain tout près de l'école, mais on n'est pas allées souvent. Les enfants préféraient rester dans la cour et se servir de leurs pieds. Maggie était bonne au kickball, même si les garçons se moquaient de sa façon de courir. Je ne comprenais pas leurs insultes, alors je faisais semblant, je détectais la méchanceté dans le regard et dans le ton de la voix. J'envoyais les brutes réchauffer le banc.

L'avion se pose pour la dernière fois de la journée. Tout le monde se dépêche de sortir, sauf moi. Je m'attarde dans la cabine comme une mitaine oubliée, j'ai peur d'avoir été partie trop longtemps et que plus personne ne se souvienne de moi.

L'aéroport est presque vide. Dans le stationnement, Maggie monte sur un scooter derrière un jeune homme que je ne connais pas et lui enserre la taille ; ils dévalent la côte et disparaissent rapidement.

Le pick-up bleu de la commission scolaire s'immobilise près des valises empilées les unes sur les autres. Denis descend du camion et s'avance vers moi, le visage fendu d'un large sourire.

Ah ben, ah ben, une revenante ! Ça fait que tu t'ennuyais de nous autres ?

Il me serre la main avant de hisser mon bagage à l'arrière.

Comme ça, tu t'en viens faire des poèmes ? Une belle job de prof, ça te tenterait pas ? Tu connais déjà tous les élèves !

Je décline poliment son offre et je m'installe du côté passager.

En tout cas, t'es chanceuse. Tu vas avoir une belle maison downtown Salluit. L'orthopédagogue a été appelé cet été pour son opération au genou, ça fait que tu vas pouvoir rester dans sa maison toute bien équipée.

Le long de la route, le village n'en finit plus d'étirer ses nouvelles constructions, les bulldozers avalent la montagne une bouchée à la fois. La saison des chantiers s'achèvera bientôt, les ouvriers reprendront l'avion en sens inverse, laissant leurs marques derrière.

Le groupe de travailleurs à bord de mon vol de retour, la dernière fois, leurs rires tonitruants. J'avais gardé mes écouteurs tout le long du voyage. Le gars n'avait pas remis les pieds à Salluit de tout l'été, mais je n'aurais pas supporté d'entendre des histoires similaires.

Denis se stationne devant une petite maison, tout juste en face de la Coop.

Votre château, Madame.

Il transporte mes bagages sur la galerie, fouille dans ses poches et en sort une clé qu'il insère délicatement dans la serrure.

C'est peut-être pas à la dernière mode, mais tout est fonctionnel.

Il fait rapidement le tour des pièces, vérifie le chauffage, les robinets, la chasse d'eau. Je reste immobile dans le vestibule, la main posée sur ma valise. Dans deux jours tout va être correct, c'est l'arrivée qui est bizarre : le contraste entre les bruits de la ville qui donnent l'illusion qu'on n'est pas seule et le silence ici qui ne permet pas de s'en faire accroire. Dans deux jours tout va être correct.

Bon, ben je vais y aller moi. Si y a un problème, t'as mon numéro. J'imagine que je vais te voir à l'école bientôt, pour tes histoires d'ateliers de poésie ? En tout cas, si jamais tu changes d'idée, pour la job de prof...

Il me fait un clin d'œil avant de refermer derrière lui. Le bruit de ses pas résonne sur la galerie, puis le moteur démarre et ronronne avant de s'évanouir au loin. J'avance timidement vers le salon. Autour de moi, des petits-enfants me sourient dans leurs cadres en l'absence de leur grand-père. Des animaux sculptés en pierre à savon sont posés un peu partout dans la pièce : ours polaire, phoque, morse, béluga. Il manque les animaux terrestres pour compléter le bestiaire.

Je m'installe dans la chambre d'amis, même si elle est plus petite. On n'a pas pris la peine de décorer la pièce : rien sur les murs, rien sur le bureau, rien sur la commode.

Je retourne dans le salon et je transporte prudemment la collection de sculptures dans la chambre. Le béluga au bord de la fenêtre. L'ours et le phoque sur la commode. Le morse sur la table de chevet. Je pourrais apprendre à sculpter, pendant que je suis ici, fabriquer les animaux qui manquent. Le bœuf musqué, par exemple, l'animal totem de ma mère.

J'ai envie d'appeler Denis, de dire oui, oui, tout est beau dans la maison, c'est juste que je me sens seule au monde, peux-tu envoyer quelqu'un pour réparer ça, Denis ?

Le téléphone du salon ne fonctionne pas. Celui de la chambre non plus. Je prends le petit ours de pierre au creux de ma main et je me roule en boule sous les couvertures.

—2

Le panache dort en étoile sur l'herbe mouillée. Le bois est lisse sous mes doigts, poli par des années de sommeil dans la toundra. Le reste du corps a disparu, peut-être dans le ventre d'un loup, peut-être dans les quelques centimètres de terre qui arrivent à dégeler au-dessus du pergélisol.

Si Nathan était ici, il ne voudrait pas que je déplace le panache, pour que l'esprit du caribou reste sur le territoire, alors je laisse le *natjuk* tranquille et je poursuis ma route. Une ligne plus ou moins droite entre deux rivières : celle qui coule au bout du village et l'autre qui se cache à une heure de marche. C'est la deuxième qui impressionne le plus, avec sa chute qui se fracasse sur les rochers une dizaine de mètres plus bas, et ses blocs de glace coincés au travers de la gorge, même en juillet.

On y allait en groupe deux fois par été. Les nouveaux grognaient tout le long du chemin, les anciens leur promettaient une surprise digne de l'effort. Les fins de semaine, je m'y rendais toute seule, je me postais sur une roche pour espionner le couple de faucons installé sur la corniche en face.

Je saute d'une pierre à l'autre, je remonte le courant jusqu'à une grosse roche plate qui pourrait être celle où je m'assoyais dans le temps. J'étudie minutieusement chacune des crevasses ; il me faut de longues minutes pour retrouver le nid, vide.

J'attends un peu, ils reviendront peut-être.

J'aimerais réapprendre à ne rien faire, passer des heures à guetter des oiseaux ou des grenouilles. Inventer des routes sur les cailloux comme sur la rivière de mon enfance, quand on escaladait les rochers avec un sérieux d'alpiniste. On y faisait grimper notre bergère allemande, on lui lançait des bâtons qu'elle attrapait au vol avant de plonger. Ma mère disait qu'elle nageait bien, une pointe de fierté dans la voix. Elle nageait bien, elle aussi, elle adorait l'eau. Mon père ne comprenait pas pourquoi elle ne se baignait jamais dans notre piscine, elle disait *c'est trop petit*.

Devant moi, la rivière contourne les pierres semées en désordre dans son lit, plus loin elle se jettera dans le fjord qui se jettera dans le détroit qui se jettera dans l'océan, il n'y a rien de trop petit là-dedans. Les chemins sont invisibles dans le sol et dans l'eau : ils ne fractionnent pas l'espace en carrés trop étroits, ils ne tracent pas d'immenses cicatrices en forme de boulevards et d'autoroutes.

L'Arctique : ce qui est hiver à répétition. *Ukiurtatuq.*

Moi je ne l'ai connu que l'été, dans l'euphorie des saisons trop courtes et l'insouciance des enfants en vacances, libres comme le vent sur la toundra. Ils s'éclipsaient sans cérémonie quand ils en avaient marre, ils réapparaissaient quand ils en avaient envie. Imprévisibles mais généreux, ils m'apprenaient ce qu'il fallait savoir, le meilleur endroit pour pêcher des moules et le nom des jeux en inuttitut. *Attutitautik.* La tague.

Maggie ne souriait pas beaucoup, au début, mais je l'ai aimée tout de suite. Elle n'essayait pas d'être mignonne. Elle parlait en étirant toujours la dernière lettre. Je ne savais pas encore que les doubles voyelles étaient courantes en inuttitut, mais j'aimais le son que ça faisait, le sentiment d'être autorisée à se traîner les pieds dans les mots. *Ouiii.*

Elle est venue presque tous les jours, sauf le dernier été. Elle portait d'immenses lunettes noires et roulait sur son quatre-roues le jour, la nuit, le plus vite possible. Je voulais l'engager comme monitrice, mais elle n'en avait pas envie. J'ai entendu les rumeurs de ce qui s'était passé l'automne précédent. Le gars dans le camion gris, qui avait proposé de lui apprendre à conduire. Le volume de la musique au maximum. La route déserte.

Je suis allée au bord de l'eau, j'ai lancé des roches. Je visais les pierres, je voulais entendre le bruit de deux masses dures qui s'entrechoquent.

J'ai eu l'idée d'aller voir Maggie, de suivre le chemin qui mène au pont qui mène à la montagne, c'était la maison rouge, je m'en souvenais. Après j'ai pensé qu'il valait peut-être mieux la laisser tranquille.

Je ne me rappelle plus si je lui ai dit au revoir avant de partir. Je croyais revenir de toute façon, mais j'ai trouvé un emploi en ville, un travail trop sérieux pour m'échapper l'été venu. J'avais moins le désir de m'éloigner, aussi, avec Gabriel.

Au creux de la falaise, les faucons n'ont toujours pas regagné leur nid.

Vu d'ici on dirait que rien n'a changé, mais le paysage vieillit peut-être, lui aussi, épuisé par les industries des hommes. Je me demande s'il s'ennuie des enfants, l'hiver, s'il rêve aux petits pieds qui fouleront son herbe mouillée quand la neige aura fondu.

Je réimprime le décor sur ma rétine, en route pour le sommet. J'avance prudemment vers la chute, évaluant chaque roche du bout de la botte avant d'y poser le pied. Plus on s'approche, plus c'est difficile : il faut résister à l'envie de la voir de trop près, ne pas s'approcher du bord, risquer de glisser sur la pierre mouillée.

Qurlutuq.

Je reste sagement en retrait, je la regarde de loin. La rivière se lance dans le vide et rebondit sur les rochers tout en bas. Il faudra que je revienne dans un mois ou deux, le froid aura peut-être suspendu son vol, elle sera peut-être étrangement silencieuse, sa puissance contenue sous son manteau de glace.

—3

Elles descendent les escaliers de la Coop comme des Spice Girls débarquées au milieu de la toundra. Chignons savamment ébouriffés, surmontés d'une fleur rouge, ou mauve. Ongles peints. Yeux cerclés de eye-liner. Leggings à motif léopard. Moues boudeuses. Volutes de cigarettes. Manteaux trop légers pour la rigueur nordique, pas de tuque, pas de foulard, pas de mitaines.

Maggie, Sarah, Elisapie, Louisa.

Wow les filles ! Vous êtes donc ben belles.

Elles zigzaguent en souriant sur leurs talons vertigineux, elles s'approchent en faisant valser leurs anneaux d'argent, scintillantes comme une bordée de neige fraîche. Elles sentent le tabac et la gomme balloune aux fraises, elles parlent fort, toutes en même temps, en inuttitut, en anglais, en français.

Qanuippisi?

(Comment allez-vous ?)

Maggie laisse échapper un long sifflement.

We have to watch out now she speaks inuttitut.

Je hausse les épaules.

Kiitaapik.

(Un petit peu.)

Dans le capuchon de Sarah, un bébé gigote, la tête ornée d'un ruban rose assorti à la couleur de l'*amauti*. Sa main s'étire vers la mienne, ses petits doigts se referment sur mon index.

Sarah rigole en faisant les présentations.

My panik. Serena.

Panik.

(Fille.)

Iniqunartuapik!

(Elle est très mignonne !)

Les joues de Sarah rosissent. Elle regarde tendrement sa fille par-dessus son épaule. Je me demande si Adamie est le papa, ils étaient ensemble dans le temps. Quand il faisait soleil, il l'emmenait en balade sur son quatre-roues, on les voyait passer et repasser dans un nuage de poussière, amoureusement enlacés sur la banquette.

Je dépose un baiser sur le front de Serena.

Est-ce que je connais son papa ?

Sarah grimace. Louisa chuchote à l'oreille d'Elisapie.

Maggie roule des yeux.

We don't care about him.

Elle m'attrape par le cou et chuchote assez fort pour que ses copines l'entendent.

So are you going to see Tom? He has a girlfriend now.

Je passe mon bras autour de ses épaules.

Je sais. Moi aussi j'ai un amoureux maintenant.

Elles ouvrent de grands yeux, elles regardent derrière moi comme s'il allait surgir de mon sac à dos, elles répètent *où est ton amoureux ?*

Je fouille dans mon téléphone pour leur montrer une photo de Gabriel. Elles l'observent attentivement, agrandissent l'image assez pour compter chacun des poils de sa barbe. Elles cherchent d'autres photos, gloussent bruyamment. Elles ne me posent pas de questions sur mon retour, elles ne veulent pas savoir pourquoi je suis partie ni pourquoi je suis revenue, elles sont habituées aux gens qui vont et qui viennent sans donner de nouvelles ni d'explications.

Le moteur d'un quatre-roues qui s'approche couvre graduellement leurs voix. Elles jettent un œil au conducteur ; leurs visages s'illuminent, elles me redonnent le téléphone et courent vers le véhicule dans un tourbillon de paillettes. Sarah se faufile tant bien que mal sur la banquette, puis réajuste Serena dans son capuchon. Maggie et Elisapie s'installent sur le porte-bagages arrière. Louisa grimpe sur celui situé à l'avant.

Êtes-vous certaines qu'il y a assez de place ?

Elisapie éclate de rire. Louisa évalue rapidement l'espace disponible.

We could fit three more.

Le quatre-roues repart en dérapant légèrement dans le gravier. Perchée sur son siège improvisé, les pieds dans le vide, Maggie me souffle un baiser avant de disparaître au bout du chemin.

–4

LA FILLETTE APPELLE SA MÈRE, pleine d'espoir, la main plongée dans une boîte de Mr. Freeze.

Anaanaak!

(Maman !)

Ça ressemble à mon prénom. À mon premier été, je me retournais souvent, certaine qu'un enfant m'appelait du fond d'une rangée.

Une femme s'avance en poussant un chariot, hésite avant de se pencher et d'accepter la friandise tendue. Derrière elle, accroupi au bas de l'étagère, un adolescent empile soigneusement les boîtes sur la tablette. Il se déplie pour atteindre le haut de la pile ; je reconnais Nathan sous la casquette, le corps perdu dans un immense coton ouaté.

Il a fini par grandir un peu.

Je me demande s'il a envie de fouiller dans la caisse comme la petite fille ; il adorait les Mr. Freeze lui aussi.

Nathan ngai!

(Salut Nathan !)

Il lève les yeux, sourit timidement en m'apercevant. Un sourire sage, moins crasse que celui de son enfance, quand on courait dans le gymnase avec Sarah, Maggie, Mickael et les autres.

J'avance entre les boîtes avec précaution, je fais mine d'en placer une dans mon panier.

On s'en prend une et on part en canot ?

Il rit doucement sans interrompre son rangement.

Maybe next time.

À l'autre bout de la rangée, la file s'allonge derrière la caisse. Il faudrait que je me dépêche avant la fermeture, mais je reste plantée devant Nathan qui range tous ces Mr. Freeze qu'il ne mangera pas, les gestes sûrs et patients, le regard qui va et vient de la tablette au chariot sans essayer de s'échapper.

Tu travailles bien, Nathan.

Il hausse les épaules.

It's not very difficult.

Je proteste silencieusement, je voudrais lui dire que c'est déjà beaucoup, reprendre le travail, après avoir perdu quelqu'un qu'on aime. Quand j'ai appris, pour Mickael, j'ai pensé à la fois où on était allés à la pêche, juste nous trois. On n'avait rien attrapé, sauf des roches pour leur collection. On s'en foutait, on avait ri et sauté dans les flaques d'eau apparues avec la marée basse, on s'était couchés dans l'herbe pour manger des M&M's. Il faisait tellement beau que ça me donnait presque mal au ventre ; quand le soleil brillait aussi fort au-dessus de la toundra, je me disais souvent qu'on allait le payer plus tard, se prendre un blizzard dans la gueule ou quelque chose. Il me fallait le fjord immobile comme un lac, tôt le matin, pour reprendre confiance, en tête à tête avec le jour qui se lève pendant que le village dormait encore.

Le chariot de Nathan est presque vide. Les clients quittent peu à peu le magasin.

Bon, je vais te laisser travailler... De toute façon, je suis ici pour trois mois. Takulaarivuguk!

(On va se revoir !)

Il s'arrête un moment et me jette un regard amusé en répétant *takulaarivuguk*, l'œil pétillant de malice comme dans mes souvenirs.

Dehors l'obscurité s'installe déjà ; septembre n'est pas juillet, on ne peut pas courir la toundra sous un soleil qui ne se couche jamais. De l'autre côté de la rue, ma maison vide m'attend avec mes valises à moitié défaites, une touche beige clair dans la lumière grise de fin de journée.

Je bifurque vers la marina malgré la pénombre grandissante et le poids des provisions dans mon sac à dos. Sur la grève, une multitude d'empreintes barbouillent le sable mouillé : des pattes de canards et de chiens, des pieds d'enfants et d'adultes. Je trace des formes du bout de ma botte, je contourne les algues échouées sur le rivage. Derrière la plage, la masse sombre des rochers encadre un sentier abrupt qui mène en haut de la falaise, là où se cachent les *kigutangirnait*, des bleuets minuscules blottis dans la mousse et le lichen.

J'avance lentement sur la piste rocailleuse. Le sol est glissant sous mes pieds ; c'est peut-être comme ça que c'est arrivé, en trébuchant sur les cailloux. La balle est partie et Mickael aussi.

Je pourrais aller le visiter au cimetière, mais je préfère ici. Je ne suis jamais retournée voir la tombe de ma mère non plus, en dix ans. J'aime mieux m'asseoir près de la rivière pour lui parler, lancer des chips dans l'eau : sel et vinaigre, nos préférées.

Dans le village, en bas, les contours des maisons s'effacent à mesure que la noirceur s'installe. On distingue encore les gros bâtiments, comme l'école, reconnaissable à la forme de coude qui lui a donné son nom : Ikusik. Les enfants m'attendaient devant la porte tous les matins. Je laissais entrer une personne à la fois, le temps de dire bonjour à chacun *bonjour Maggie bonjour Louisa bonjour Sarah bonjour Elisapie bonjour Nathan bonjour Mickael.* Ils trouvaient ça drôle. Ils s'avançaient tout près de mon visage, ils inventaient des grimaces pour me saluer.

Il fait trop noir pour cueillir des bleuets, à présent. Le sentier disparaîtra bientôt lui aussi, sauf les roches blanches qui parsèment la piste ; les favorites de Mickael. J'en glisse une dans ma poche et je redescends, marchant prudemment sur la mince ligne qui sépare la tranquillité de la solitude.

–5

MARY APPORTE UN BOL FUMANT à sa vieille mère, posée comme un oiseau blessé dans un coin du salon. Derrière elle, sur la bibliothèque, des portraits d'Annie et de Matiusie alternent avec des images de Jésus.

Annie a quel âge maintenant ?

Mary jette un bref regard à la photo avant de déposer nos tasses de thé sur la table.

Elle a douze ans. C'était sa fête il y a trois semaines.

J'aurai donc manqué ses deux derniers anniversaires. Les années précédentes, je recevais un carton d'invitation serti de paillettes, j'allais manger un morceau de gâteau dans la maison remplie d'invités, des bébés jusqu'aux vieillards. Sur le plancher de la cuisine recouvert de grands cartons, il y avait du Jell-O rouge décoré de M&M's de toutes les couleurs dans des verres de styromousse, et du caribou rôti avec des pommes de terre.

Arvitaq. Rencontres chez les autres. Je n'ai jamais été invitée dans les maisons, sauf pour les fêtes d'enfants.

J'ai hâte de la revoir.

Mary rit doucement en s'assoyant.

Elle commence à être un peu comme une adolescente. Mais c'est une bonne fille.

Je regarde à nouveau le portrait d'Annie : le sourire taquin, les yeux qui laissent deviner une grande intelligence. Mary venait la reconduire au camp tous les matins. Les jours de sortie, quand notre chauffeur d'autobus oubliait de se présenter, elle embarquait toute la bande dans la boîte de son pick-up pour nous amener où on voulait, au bout du monde ou du village. Comme ma mère : sa vieille Subaru toujours remplie d'amis à aller reconduire ou de pouceux à déposer à la sortie de l'autoroute.

Je pensais faire les ateliers dans la classe de cinquième, finalement. Mais d'autres élèves pourraient participer aussi, peut-être qu'Annie aimerait écrire quelque chose ?

Mary réfléchit quelques secondes.

Peut-être si elle peut écrire le poème sur un ballon de volleyball.

J'éclate de rire.

Ils ont de la chance, Annie et Matiusie, d'avoir été recueillis par Mary, infatigable maman ourse, même si elle a plutôt l'âge d'être grand-mère.

Elle place ses lunettes sur son nez, se penche sur mes notes étalées sur la table.

Alors je viens avec toi dans la classe et j'explique ça en inuttitut.

Je hoche la tête. Mary poursuit sa lecture en remuant silencieusement les lèvres. Je l'imagine avec des tresses et une jupe fleurie, comme les fillettes sur les photos d'archives qui ornent les murs de l'hôtel de ville. Je ne connais pas son année de naissance, mais c'était avant la fondation du village, à peu près au même moment que la création des écoles fédérales.

Ilinniavik.

(Endroit où s'efforcer d'apprendre.)

C'est un joli mot, mais il ne dit pas tout, il ne dit pas ce qu'elle a dû s'efforcer d'apprendre, Mary : la langue et l'histoire des autres.

Et pourtant elle y va encore, des années plus tard.

L'été à Ikusik, les boîtes s'accumulaient jusqu'au plafond dans le hall d'entrée : tout le matériel pédagogique pour la prochaine année livré au fur et à mesure qui s'empilait durant deux mois, faute de personnel pour le classer au bon endroit. À la fin des vacances, Mary s'attaquait patiemment à la montagne et dirigeait les opérations jusqu'à ce que chaque boîte soit envoyée dans la bonne salle de classe. Elle torchait aussi les toilettes, parfois, quand les concierges ne venaient pas au travail. Une présidente du comité d'éducation qui n'a pas peur de se salir les mains.

Je ne lui ai jamais demandé pourquoi elle croyait à l'école, malgré tout.

Elle tourne la dernière page, se redresse lentement sur sa chaise.

Qui va traduire les poèmes en français ?

J'esquisse un sourire timide.

Uvanga. (Moi.)

Mary ouvre de grands yeux.

C'est plus facile à l'écrit. Avec mes notes de cours et mes dictionnaires, je devrais y arriver. Et mon prof va m'aider. Mais bon, ça va me prendre mille ans, c'est certain.

Elle rigole avec moi un moment, puis retourne au document.

Est-ce que les enfants vont avoir le livre après ?

Je fais signe que oui.

Un exemplaire pour chaque enfant qui a participé. Et un pour toi.

Elle lève le pouce, m'offre une deuxième tasse de thé. Elle boit la sienne debout, appuyée sur le comptoir.

Pourquoi tu veux des poèmes en inuttitut ?

J'avale une gorgée de thé, j'hésite.

Je trouve que c'est une langue tellement poétique. Les mots construits, on n'en a pas en français. Ça ouvre plein de possibilités. Et aussi... Ça me manquait de travailler avec les enfants.

Tout autour, les amies qui faisaient soudain pousser des bébés. La boule de chagrin prête à remonter au fond de ma gorge, la résignation, déjà, de ne peut-être jamais avoir les miens. Les visages des enfants de Salluit qui apparaissaient dans mes cahiers d'inuttitut, parmi mes notes griffonnées dans tous les sens pour tenter de comprendre davantage de mots, de phrases.

Kingnguq.

(Ressentir le besoin de ce qui est disparu.)

La question qui me revenait de plus en plus souvent en tête : existait-il une façon de renouer avec eux ? Sans leur dire quoi faire, cette fois. Plutôt en leur laissant la parole, en écoutant leurs histoires. Faire un bout de chemin pour aller les retrouver dans leur langue.

Mary observe pensivement sa mère, somnolente sur son matelas.

Il y a peut-être des personnes qui vont dire que nos grands-pères faisaient pas des poèmes quand ils chassaient les caribous. Avant, on avait juste nos paroles et nos gestes pour montrer ce qu'on sait. Mais moi je pense que l'écriture peut nous aider. On doit enseigner tout ce qu'on sait aux plus jeunes.

Elle s'approche de sa mère, vérifie le contenu de son bol. Je range mes cahiers dans mon sac et je m'éloigne vers le vestibule.

Merci pour le thé. On se voit à l'école... Qauppat? Atausingngupat?

(Demain ? À une heure ?)

Elle répète en souriant.

Aa, qauppat.

(Oui, demain.)

–6

LES DERNIERS RAYONS DE SOLEIL de la journée entrent timidement par la grande fenêtre du salon. Sur le comptoir, le voyant lumineux du téléphone clignote comme un phare au milieu de la cuisine : je suis maintenant branchée au reste du monde.

La voix chaude de Gabriel coule dans mon oreille.

Allô beauté ! J'espère que t'es bien arrivée. J'ai essayé de te rejoindre quelques fois, mais je pense que ton téléphone était pas encore branché. Appelle-moi quand tu veux, j'ai hâte de te parler.

Je souris. C'est moi qui voulais qu'on se parle tous les jours, pour que ça ne soit pas si long, trois mois sans se voir. C'est toujours moi qui m'ennuie en premier. Gabriel aime partir en vacances en solo pendant un mois, s'asseoir dans un musée et fixer la même œuvre durant des heures, perdu dans les couleurs et dans ses pensées.

Deux vies qui se sont croisées à un drôle de moment. Une relation de dix ans qui se terminait. Un amoureux enfin après une longue attente. Je m'imaginais déjà porter ses enfants après notre première rencontre, des bébés aux boucles rousses. Il avançait avec précaution, comme s'il hésitait à se lancer à nouveau après avoir aimé quelqu'un si longtemps.

Je m'enroule dans une couverture et je compose son numéro. Sur le parvis de la Coop, en face, les enfants s'entortillent autour de la rampe en surveillant les clients qui franchissent les portes du magasin.

Allô Salluit !

La rumeur de la ville tinte étrangement à mon oreille : Gabriel doit être assis sur son balcon. Je devine les restes de lumière accrochée aux plants de tomates qui étirent l'été, je m'informe de la récolte du jour. Il en détaille le contenu avec fierté, décrit ce qu'il voudrait planter l'année prochaine, puis son bureau qu'il réaménage en espace zen en vue de l'automne ; tous les petits soins qui me rappellent qu'il n'est pas près de quitter son appartement, de s'installer avec moi dans un endroit qu'on aurait choisi tous les deux.

Et toi ? Le retour ? As-tu revu les enfants ?

Je décris ma nouvelle maison, le village qui s'étend de plus en plus vers le cœur de la montagne. Les filles qui sont rendues grandes, Nathan qui est devenu sérieux.

Alors, ils se rappelaient de toi ?

Je dis *oui* d'une toute petite voix. Gabriel éclate de rire.

Boooooon. Me semblait aussi. Et ton projet ? Penses-tu que ça va marcher finalement ?

J'hésite, distraite par le défilé des quatre-roues qui vont et viennent dans le stationnement de la Coop.

On va voir. Au moins Mary a trouvé un mot pour traduire poème : uqatsianguaruti.

(Moyen pour faire joliment semblant de parler.)

C'est beau.

Il demande si ça existe, de la poésie inuit, même sous un autre nom. Je fouille dans les paroles de chansons et les bouts de textes jetés pêle-mêle sur le plancher.

Oui. Tiens, écoute.

Nunaapiga
Sila allaqijuq
suurlu urquujumiittugut
Kisiani uluakka aupalingajuuk
Pualuukka piirukkik
sirlaapik
suurlu tikiirsilangajunga
Tamanna qanuingngilaq, piugigakku
nunaqarviga

« Mon cher petit territoire
Le temps est clair
On pourrait se croire dans un endroit chaud
Si mes joues n'étaient pas devenues rouges
Je pourrais perdre mon index
Si je retire mes mitaines
Juste un instant
Ça ne fait rien
Je le trouve beau
Mon territoire. »

J'aime ça. Beaucoup.

Il pose des questions sur la traduction, il veut savoir qui a écrit le poème.

Un jeune musicien que je connais.

Il souhaite l'entendre de nouveau. Il suggère des exercices à faire en classe à partir du texte. Sa voix sourit, pleine d'inflexions enthousiastes, sa voix n'hésite jamais quand on parle des mots. Je m'enfonce au creux du divan et je ferme les yeux, j'imagine tout le reste devenir aussi simple.

–7

La classe de Lise donne sur la cour déserte. Pas de gamins qui galopent dans tous les sens, pas de cris d'excitation, pas de glissades spectaculaires jusqu'au deuxième but : ils sont tous assis bien droit derrière leur bureau, probablement assagis par la présence de Mary. Quelques anciens du camp de jour m'adressent des sourires gênés. Simeonie, le joueur de tours. Lucy, la timide. Siasie, plus forte que tous les garçons. Les mêmes petits visages curieux, mais de plus longues jambes sous les pupitres.

Ils sont habitués de me voir dans le gymnase, dans la cour, dans la cuisine ; ils se demandent sans doute ce que je fais dans une salle de classe. Ce n'est pas exactement comme avant, mais c'est bon de les retrouver.

Lise m'invite à avancer. Elle fait les présentations et me cède la place.

Ullukut.

(Bonjour.)

Nakurmiik qaigatsi.

(Merci d'être venus.)

Kiitaapik inuttituurunnaqunga, ilinniatuinnarama.

(Je parle un peu inuttitut, j'apprends.)

Allaquvatsi inuttitut uqatsianguarutinik. Taakkua uqatsianguarutiit uiguitituulirtilaartaka.

(J'aimerais que vous écriviez des poèmes en inuttitut et je les traduirai en français.)

Au fond de la classe, Lucy et Siasie échangent des regards amusés. Simeonie arrête subitement de mâchouiller son crayon.

Mary m'envoie un clin d'œil.

Tu n'as pas besoin de moi !

Je secoue vigoureusement la tête, je repasse au français pour expliquer le jeu prévu en guise d'introduction : un cadavre exquis dessiné. Mary traduit les consignes, puis les enfants se placent en équipe : le premier en charge de la tête, le deuxième qui s'occupe du corps, le troisième qui dessine les jambes. Ça rigole de plus en plus fort alors qu'on fait circuler les drôles de créatures d'un pupitre à l'autre ; Mary rappelle doucement les élèves à l'ordre pour passer au premier exercice.

Je distribue des images à colorier : différents modèles de colliers de perles reproduits à grande échelle.

Ujamik.

(Collier.)

Dans chacune des perles du ujamik, j'aimerais que vous écriviez un mot que vous aimez, que vous trouvez joli.

Mary donne quelques exemples. Les enfants se penchent sur leur bureau et le silence s'installe graduellement. Je marche entre les rangées de pupitres, je me penche discrètement sur les feuilles. J'essaie de déchiffrer l'écriture syllabique ; je lis comme une enfant de première année. Lucy rougit en m'apercevant, mais elle me laisse lire par-dessus son épaule, sourit en entendant ma prononciation laborieuse. On a inversé les rôles : cette fois c'est moi qui m'efforce d'apprendre.

Siasie se lève et me tend son *ujamik.*

Anaana.

(Maman.)

Uummati.

(Cœur.)

Iqalliaq.

(Aller à la pêche.)

Timmiaq.

(Oiseau.)

Siqiniq.

(Soleil.)

Aputi.

(Neige au sol.)

Ulu.

(Couteau des femmes.)

Umiaq.

(Bateau.)

Kamiik.

(Bottes.)

Mary s'approche pour lire l'exercice de Siasie.

Piujuq! (C'est beau !)

Je souris.

Piujualuk!

(C'est très beau !)

Les autres se lèvent un par un et apportent leur travail ; les feuilles s'empilent sur le bureau de Lise. On repousse les pupitres pour s'asseoir en cercle. À tour de rôle, chacun détaille les perles de son collier. Je les recueille soigneusement : des mots précieux, qui décrivent leur univers.

Simeonie passe le dernier. Il énumère tranquillement ses mots préférés, marque une pause, puis laisse tomber son ultime perle.

Usuk.

Toute la classe explose de rire. Je devine bien avant que Mary ne précise le sens.

Ça veut dire pénis.

Je ris avec eux. Simeonie rayonne, fier de sa blague.

Lise ramasse les *ujamiit*. Je les glisse avec précaution dans mon sac.

Nakurmiimarialuk!

(Merci beaucoup !)

Je vais revenir la semaine prochaine et on va continuer le travail avec les ujamiit. Vous allez devoir expliquer pourquoi vous avez choisi ces mots-là.

Les élèves se tournent vers Simeonie en gloussant. La cloche retentit et ils se lèvent d'un même bond, se précipitent dans le corridor sans prendre le temps de nous saluer.

Lise roule des yeux. Mary hausse les épaules. Je regarde les enfants disparaître derrière la porte, le cœur oscillant entre le rire et les larmes.

Dehors, Mary offre de me ramener chez moi.

Pourrais-tu m'emmener faire un mini tour ? Si t'es pas trop pressée. Ça fait longtemps que j'ai pas fait de quatre-roues.

Elle sourit.

Nani?

(Où ?)

Je pourrais répondre n'importe où, *nanituinnaq*, sauf dans ma maison vide. Je ne sais pas pourquoi j'ai envie de pleurer, tout à coup, je pleure pour n'importe quoi, ces temps-ci; quand c'est triste, et surtout quand c'est beau.

Derrière Mary, les montagnes frémissent sous la brise de septembre.

À la croix ?

Je m'installe sur la banquette. Mary fait vrombir son moteur, accrochant des sourires ravis aux visages des enfants qui papillonnent tout autour. Ils nous suivent jusqu'au bout de la cour ; Mary accélère en faisant voler les cailloux sous les encouragements des spectateurs.

Elle met le cap sur la rivière et traverse le pont, quelques secondes parfaites que j'aimerais étirer à l'infini : le fjord posté à gauche, prêt à avaler le mince cours d'eau, à droite les montagnes qui protègent le cœur du pays.

Dans ma tête, le paysage de mon enfance flotte sous la toundra : les collines qui ondulent jusqu'à l'orée de la forêt, les champs dorés par la lumière de fin d'après-midi. Le même interminable trajet d'autobus, tous les jours, l'excitation d'arriver à la maison, de courir retrouver ma mère pour lui faire le récit de mes aventures.

Mes histoires se sont compliquées avec le temps. Elle les aimait quand même, peut-être plus encore, elle savourait chaque récit comme une intrigue trépidante.

Écris ça, c'est de la matière à roman !

Le quatre-roues fraie lentement son chemin sur le sentier crevassé. Mary immobilise le véhicule à quelques mètres de la croix et coupe le moteur.

Est-ce que je peux descendre cinq minutes ?

Elle s'étire paresseusement sur son siège.

Aa.

(Oui.)

Au bout du fjord, le détroit brille presque violemment, ses eaux blanchies par le soleil radieux.

Siqiniq.

Je pose les mots des enfants sur tout ce que je vois : *timmiaq, umiaq, kamiik.*

Je fouille dans mon sac, je retire soigneusement la feuille de Siasie.

Anaana
Uummati
Iqalliaq
Timmiaq
Siqiniq
Aputi
Ulu
Umiaq
Kamiik.

Je passe prudemment mon doigt sur les caractères tracés au crayon mine ; j'ai peur qu'ils ne s'effacent. Les mots s'échappent de la feuille un à la fois, planent un instant au-dessus de la montagne avant de plonger dans le fjord, engloutis par une mer d'automne agitée.

–8

DES CENTAINES DE MOUTONS DANSENT sur le fjord ; une coiffe d'écume sur les vagues hérissées par le vent de septembre.

Amiraijaut.

(Moment où le panache perd son velours.)

C'est réservé aux mâles, sauf pour les caribous : les femelles ont aussi des bois.

Nos vestes de nylon gonflent comme des parachutes sous la bourrasque ; on pourrait presque se laisser flotter jusqu'en bas de la montagne. À quelques mètres devant moi, le manteau rouge de Tom se détache sur le fond d'herbe jaunie par l'automne ; un érable égaré dans la toundra.

Il s'arrête au pied d'un immense rocher.

Ici, ça te va ?

Je sors la bouteille de mon sac. Le visage de Tom se fend d'un énorme sourire pendant que je remplis nos gobelets de plastique.

Je devrais pas entamer ma réserve si peu de temps après mon arrivée, mais bon.

Au-dessus de nos têtes, les oies défilent vers le sud ; elles nous plantent là, déjà. Tom s'étend sur le dos, plisse les yeux comme s'il voulait les compter une par une. Il cherche peut-être l'avion d'Alice, quelque part entre les nuées d'oiseaux. Je m'installe à ses côtés, la tête appuyée sur mon sac à dos.

C'est le grand amour, il paraît ? En tout cas, Maggie a dit à Alice qu'il était « very handsome ».

J'éclate de rire. Tom m'observe d'un regard curieux.

Alors c'est vrai, t'as un copain ? C'est l'homme de ta vie ?

J'étire le bras pour ramasser des cailloux, je les envoie valser un par un dans l'herbe humide, sauf le dernier, que je garde serré dans ma paume. Je tenais la main de Gabriel tellement fort, au début, sans m'en rendre compte. Il riait, il me demandait de relâcher ma prise.

On prend notre temps. On apprend à se connaître.

Tom hoche la tête, puis boit une gorgée de vin.

Vous faites bien.

Il finit tranquillement son verre. J'avance une main hésitante vers son genou, je le tapote gentiment.

Et toi ? Comment ça va avec Alice ?

Il se redresse pour attraper la bouteille, reste silencieux un instant.

Pas pire. Elle travaille beaucoup.

Il nous sert à nouveau. Je voudrais poser des questions, savoir si Alice aime son travail, si elle est heureuse d'être revenue vivre dans son village après tant d'années passées au Sud. Si elle a recommencé à chasser avec ses frères, entre deux allers-retours à Kuujjuaq, si elle plume toujours des oies dans la cuisine, à l'automne et au printemps.

Mais Tom garde les yeux rivés sur son gobelet, le visage fermé.

Pis, comment va le pergélisol ?

Tom grimace.

Pas très bien. Mais je m'occupe d'un nouveau projet. On essaie de limiter la fonte le long de la route de l'aéroport. On verra ce que ça va donner !

Il pose sa main sur le sol comme pour sentir la terre qui dégèle sous nos corps. Je passe mentalement en revue les animaux qui habitent la toundra. Les caribous (*Tuttuit*). Les lagopèdes (*Aqiggiit*). Les harfangs des neiges (*Uppiit*). Les loups (*Amaruit*).

Les humains. *Inuit.*

Au-dessus du détroit, de grandes écharpes blanches voilent peu à peu l'acier du ciel. Le brouillard est encore loin, mais je me méfie, je sais à quelle vitesse il peut avaler le paysage et les gens.

Tom me lance un regard curieux.

C'est drôle, je pensais pas que tu reviendrais ici.

Le vin rouge trace sa barre habituelle dans mon front. Je fouille dans mon sac, je prends une longue gorgée d'eau.

Je m'ennuyais des enfants.

Tom rigole.

Mais là tu t'ennuies pas de Gabriel ?

Le jour de mon départ, à l'aéroport, Gabriel m'a laissé serrer sa main trop fort. Je me disais que mon absence lui révélerait peut-être qu'il était mieux sans moi. Nos longues conversations avant de dormir, l'idée de vivre ensemble qui n'aboutissait pas. Gabriel semblait deviner mes pensées, il a posé un baiser sur mon front.

Devant, l'embouchure du fjord a disparu, engloutie par la brume.

Des fois ça aide de prendre un peu de recul.

Tom scrute pensivement mon visage. Derrière lui, le brouillard s'approche dangereusement des montagnes.

Il faut rentrer.

Tom vide le reste de la bouteille dans son gobelet et le boit d'un trait avant qu'on reprenne la route.

Si ça continue comme ça, Alice pourra pas atterrir ce soir. Les pilotes vont être contents, ils vont pouvoir la cruiser en masse.

Il trébuche sur une roche, retrouve son équilibre de justesse. Je rigole en secouant la tête.

Je pense pas qu'Alice soit très impressionnée par les pilotes.

Tom échappe un grognement et continue de marcher vers le village. On s'arrête un long moment sur le pont pour voir les sommets, puis les flancs rocailleux de la montagne disparaître sous la brume.

Chez lui, Tom s'immobilise au pied de l'escalier et me décoche un clin d'œil.

À une autre époque je t'aurais invitée à entrer mais...

Je souris.

Je suis pas certaine que tu serais en très grande forme en ce moment.

Il bombe le torse, comme pour relever le défi. J'essaie de ne pas penser au polar ajusté qu'il porte probablement sous son manteau, à ses cheveux qui se dresseront en désordre lorsqu'il retirera sa tuque de coton. Aux contorsions qui s'imposent sur les lits à deux étages de la station de recherche. Je recule de quelques pas.

Ça m'a fait plaisir de te voir.

Il esquisse un sourire résigné et monte les escaliers d'un pas pesant.

Je me demande ce que Gabriel fait ce soir, dans sa ville pleine de bruits et de lumières. J'enchaîne les détours en marchant vers chez moi, je m'attarde dans les rues désertes, flânant parmi les maisons qui flottent comme des îles au milieu du brouillard.

–9

SAMEDI SOIR, LE VILLAGE au complet réuni au centre communautaire. Ça déborde de partout, les enfants, surtout, les enfants débordent : sur les escaliers, sous les fenêtres, ils sont dans toutes les craques de mur, ils courent partout en riant, à moitié habillés dans la froideur d'une soirée de septembre pendant que les parents s'entassent à l'intérieur pour le spectacle.

Demain, on va jouer ?

Quelques anciens du camp de jour se pressent autour de moi ; ils pensent que je suis revenue pour animer encore des jeux dans le gymnase.

Un peu plus loin, Denis se retourne et m'adresse un clin d'œil en pointant la petite bande qui m'entoure.

Je te le dis, tu serais bonne !

Je m'agenouille au milieu des enfants et j'ose quelques mots dans mon inuttitut approximatif.

Ukiaq. Ilinniavik.

(Automne. École.)

Ils froncent les sourcils. Je réfléchis un moment.

Je vais demander à Denis si on peut avoir le gymnase après l'école un soir cette semaine pour faire des jeux. OK ?

De larges sourires illuminent leurs visages, puis ils se dispersent aussi soudainement qu'ils sont venus.

Au fond de la salle, un groupe de fillettes entourent Alice et essaient l'une après l'autre sa tuque portant le logo d'Air Inuit. Alice rigole, replaçant chaque fois le chapeau trop grand qui s'enfonce immanquablement sur les têtes. À ses côtés, Tom m'envoie la main, l'air plus détendu que la veille.

Derrière la scène, le rideau qui bâille laisse entrevoir Taamusi installé sur une chaise, tête renversée, mains jointes sur les cuisses. Je devine ses yeux fermés, paupières closes sur leur lueur si particulière, fiévreuse et tranquille à la fois. Son regard traversé d'éclairs de joie à la vue des enfants, l'été, quand son horaire de tournée lui laissait une heure pour venir enseigner la musique au camp de jour.

Ce soir ce sera lui tout seul, sans son *band*, avec sa voix juste ce qu'il faut éraillée et sa guitare pour porter ses chansons à bout de bras. Ça ne me dérange pas, je préfère la version acoustique : ses mots tout nus posés sur quelques accords.

Taamusi se redresse et disparaît de mon champ de vision. Un déluge d'applaudissements éclate soudain :

le chanteur apparaît sur scène et sourit au public avant de s'installer au clavier. Il pose délicatement ses mains sur les touches ; les notes se répandent comme la chaleur d'un poêle à bois sur des orteils gelés.

À l'avant de la salle, un bambin tente de grimper sur la scène, retenu par une maman hilare. Il se débat un instant avant de s'abandonner à l'étreinte, offrant ses joues rondes aux baisers de sa mère.

Près de moi, les gens se balancent tout doucement, de plus en plus nombreux à entonner les paroles. Je ferme les yeux, je me laisse couler dans la musique. La voix de Taamusi plane très haut durant quelques secondes, puis retrouve sa puissance de fond d'océan alors que les dernières notes de piano s'estompent.

J'émerge en même temps que les autres, calme et lisse comme du bois de mer recraché sur le rivage. Secouée et ballottée dans tous les sens, grugée par l'eau et le sel, mais heureuse de sentir le vent sur ma peau.

Taamusi se lève pour prendre sa guitare et entamer une pièce plus rythmée. Quelqu'un me bouscule en rigolant.

Maggie, perchée sur des bottes noires à la hauteur impressionnante, une fleur rouge piquée dans son chignon échevelé.

Suvit?

(Qu'est-ce que tu fais ?)

Je hausse les épaules. Elle m'agrippe le bras.

Come dancing!

Un cercle animé se forme autour de moi : Louisa, Elisapie et Sarah se trémoussent en chantant à tue-tête. J'abandonne peu à peu ma gêne, je remue timidement les bras.

Louisa se penche et me retire une boucle d'oreille.

C'est à moi !

Elle éclate de rire, me remet mon bijou.

Elisapie glisse ses doigts dans mes cheveux, les tire pour mesurer leur longueur, réarrange ma coiffure à son goût. Je proteste mollement ; ça la fait sourire.

Serena passe d'une paire de bras à l'autre, elle atterrit dans les miens. Je l'installe sur ma hanche pendant que les filles s'éloignent vers la première rangée. Sarah se retourne à mi-chemin.

Tu peux garder Serena une minute ?

Je lève mon pouce haut dans les airs. Sarah souffle un baiser à sa *panik*.

Taamusi enchaîne les pièces, le visage éclairé par un sourire très doux, celui qu'il porte aussi quand il parle de ses enfants. Je danse joue contre joue avec Serena, bercée par la foule qui chante à l'unisson. Serena gigote en se frottant les yeux. Je l'appuie contre mon épaule alors que Taamusi remercie le public. Il entame sa dernière chanson, une autre que tout le monde connaît par cœur, il donne tout ce qui lui reste, les yeux mi-clos, le visage trempé de sueur. Dans mes bras, Serena s'est endormie, une petite boule chaude sur ma poitrine.

Maggie, Louisa, Elisapie et Sarah reviennent en sautillant. Sarah s'arrête pour embrasser sa fille et rejoint les autres dans leur joyeux tourbillon. Elles s'époumonent en se tenant par le cou, leurs longues chevelures valsant dans tous les sens.

Je n'ose pas m'immiscer dans leur cercle, je reste légèrement en retrait. Je chuchote à l'oreille de Serena.

Ta maman était si petite il n'y a pas si longtemps, ça me fait bizarre, tu comprends, mais je suis contente de te connaître, je suis contente que tu sois là.

À l'avant de la salle, Taamusi disparaît presque au milieu des spectateurs qui se succèdent pour lui serrer la main, le photographier, lui donner l'accolade. Profitant de l'inattention générale, les enfants ont envahi la scène et chantent à tue-tête dans les micros fermés, jouant avec conviction de leurs instruments imaginaires, tumultueuses rock-stars en version miniature.

–10

LENDEMAIN DE VEILLE, LE VILLAGE dort en boule au creux des montagnes. Il a neigé durant la nuit, les sommets sont recouverts de sucre en poudre qui ne survivra pas aux rayons de midi. Personne d'autre que moi pour voir cette fragile beauté ; le crissement de mes espadrilles résonne dans le village silencieux.

Devant l'hôtel, une longue silhouette s'imprime en noir sur la lumière vaporeuse du matin. Taamusi fume une cigarette, un sac à dos posé à ses pieds. Il s'est peut-être levé tôt, ou peut-être qu'il ne s'est pas encore couché : quand il débarque tout le monde se l'arrache pour un bout de soirée, un brin de jasette, un peu d'attention.

Ullaakut? Unnukut?

(Bon matin ? Bonne nuit ?)

Taamusi écarquille les yeux en m'apercevant, puis s'avance en ouvrant les bras.

What are you doing here? Did you come to the show?

Je hoche timidement la tête avant de m'abandonner à l'étreinte. Il a troqué la veste de cuir pour une chemise à carreaux dont le tissu rêche me racle doucement la joue, et les souliers fins pour des grosses bottes Acton; ça lui fait bien, je trouve.

Why didn't you come say hi?

Écrasée contre sa poitrine, je marmonne de vagues excuses à propos de ses trop nombreuses admiratrices. Il éclate de rire et relâche la pression contre mon dos. Le soleil éclaire son visage plus délicatement que les projecteurs de la veille; je remarque les rides très fines au coin de ses yeux, plissés par la lumière ou le manque de sommeil.

Are you going to bed or getting up?

Au bout de la route, un quatre-roues chargé s'approche à bonne vitesse. Taamusi s'étire et pointe le véhicule qui roule vers nous.

Going hunting with my nephew. It will be nice to go on the land for a couple of days.

Le quatre-roues s'immobilise dans le stationnement. Derrière le guidon, Nathan flotte dans son coton ouaté trop grand, carabine en bandoulière. Il m'adresse un bref signe de tête et salue Taamusi sans éteindre le moteur qui gronde au pied de l'hôtel endormi.

La première fois qu'on est allés à la pêche, il m'avait demandé s'il pouvait apporter son fusil. Il avait neuf ans et déjà tué son premier caribou.

J'avais dit non, je n'aimais pas les armes.

Qukiuti.

(Fusil.)

Notre guide avait le sien. Il l'avait pointé sur un couple de canards qui se balançaient paresseusement sur les flots.

Everybody down!

On s'était couchés au fond de l'embarcation pendant qu'il visait et ratait sa cible de peu. Les balles sifflaient au-dessus de nos têtes et Nathan riait en voyant mon visage apeuré.

La bouche barbouillée de Popsicle. À côté de lui, Mickael riait aussi.

Taamusi se faufile sur le siège passager. Nathan jette un œil au porte-bagages, vérifie la solidité des attaches qui retiennent les caisses de provisions.

Vous pensez attraper quoi cette fois-ci ?

Nathan hausse les épaules.

Maybe some geese.

Peut-être une oie pour Aida, sa grand-mère qui lui a appris à tirer. Ou pour sa maman qui a exactement mon âge ; je me demande ce que serait ma vie avec un fils de treize ans, presque quatorze, et des petites sœurs qui se sont additionnées rapidement.

Je fais un clin d'œil à Nathan.

Surveille bien ton oncle là !

Il m'adresse son sourire de gamin ; je peux presque voir des bonbons collés sur ses dents, comme dans le temps. Il fait rugir son moteur, exécute un virage serré et s'éloigne rapidement vers la montagne.

Derrière lui, Taamusi m'envoie la main.

Sorry it was a bit short. Hope you have a good time in Salluit!

Sa haute stature cache Nathan : seuls ses bras et ses mains sur le guidon demeurent visibles. Si Taamusi avait été là, le jour de l'accident, ça aurait pu se passer autrement, il aurait pu vérifier si l'arme était bien verrouillée.

Le bruit du moteur s'évanouit aux confins du village. Je plisse les yeux pour voir à travers la montagne, pour les suivre de loin et m'assurer que tout est correct.

Je me secoue, je repars à la course.

Sur la route de l'aéroport, la pente trop prononcée m'arrache le corps morceau par morceau : pieds, chevilles, mollets, genou droit qui se rappelle un accident de vélo. Il faudrait arrêter avant de perdre toute la jambe, mais je monte plus haut, je cours plus vite, lâchée comme un cheval au champ après l'hiver à l'écurie.

Je fais brusquement demi-tour, à mi-chemin entre le village et le terminal. La vue en plongée sur la baie me rentre dans le ventre comme si je ne l'avais pas déjà contemplée mille fois; toutes les fois, la première fois. Je redescends à grandes foulées désordonnées, le vent glacé s'engouffre dans mes poumons qui surchauffent, et me pousse jusqu'à la marina, où je m'écrase sur un tapis de coquillages brisés.

Je reprends lentement mon souffle. Sous les algues emmêlées, des dizaines de moules s'accrochent fermement à la pierre mouillée.

Uviluit, la seule chose que j'arrive à pêcher toute seule.

Les enfants étaient bien meilleurs que moi, surtout Maggie : deux gros ombles chevaliers hameçonnés en quelques minutes à peine. Elle m'avait offert un des poissons sur le chemin du retour. Je ne savais pas quoi faire de la tête, des écailles, des arêtes. Elle avait rigolé et m'avait suivie chez moi pour m'aider à arranger la bête.

Sur les montagnes, en face, la neige a déjà commencé à fondre, ruisselant goutte à goutte vers la baie. Je plonge les mains dans le varech et je me remplis les poches de moules jusqu'à ce que mes doigts engourdis refusent de retourner dans l'eau froide, incapables de se réchauffer sous le timide soleil de septembre.

—11

Les moules attendent leur heure, empilées dans le lavabo de la cuisine. Ma réserve ne compte plus que deux bouteilles : j'hésite à en sacrifier une pour la cuisson.

Si t'étais ici, je l'ouvrirais.

Gabriel rit au téléphone. Je voudrais lui avouer que je m'ennuie, mais j'aimerais qu'il le dise lui-même, entendre son rire se muer en une voix très tendre.

Je demande si l'automne est beau, en bas. Je l'écoute décrire l'odeur des feuilles mortes, les couleurs qui commencent à apparaître à la cime des arbres.

Et par chez vous ? Est-ce que c'est différent de l'été ?

Je parle de la toundra qui se colore elle aussi, des petits fruits qui lui donnent toutes sortes de nouvelles teintes.

Le bleu des *kigutangirnait.*

(Bleuets.)

Le rouge des *kimminait.*

(Airelles.)

L'orange des *arpiit.*

(Chicoutés.)

Wow, vas-tu faire des tartes ?

Je rigole à mon tour.

Faudrait que j'aie la patience d'en cueillir assez. Mais c'est vrai que ça serait une bonne idée.

Dehors, je crois reconnaître une longue silhouette qui marche dans la rue, flanquée d'un gros chien blanc.

Est-ce que je peux te rappeler un peu plus tard ?

Je raccroche en regardant la jeune fille s'approcher, s'arrêter pour caresser la bête et reprendre la route, la démarche sautillante. Je sors sur la galerie et je fais des signes de la main enthousiastes.

Emalla !

Elle s'avance vers moi, sourire timide aux lèvres. Toutes les phrases veulent sortir de ma bouche en même temps : *t'es belle, j'aime ton chien, comment vas-tu, je me suis ennuyée.*

Finalement je ne dis rien, je la serre très fort dans mes bras. Elle est aussi grande que moi à présent, elle dit *non plus*, elle se dégage pour évaluer ma taille et conclut avec fierté qu'elle me dépasse de deux bons centimètres.

Son visage n'a pas vieilli, par contre, il porte la même douceur que dans mes souvenirs.

Veux-tu entrer ?

Elle hésite, pointe son animal.

C'est correct. Viens !

Elle me suit dans la maison. Le chien se couche sagement sur le tapis de l'entrée.

Comment il s'appelle ?

Emalla s'installe à la table.

Elle ! C'est une fille. Elle s'appelle Nala.

J'apporte un bol d'eau à Nala, je gratte ses oreilles pointues. Ses yeux noirs semblent sourire sous l'épaisse fourrure, sa truffe humide se pose sur mon bras. Ça doit faire du bien, une autre fille dans une maison où il y a surtout des hommes. Un papa qui fait souvent la fête avec les oncles et les cousins jusqu'au milieu de la nuit. Pas de maman pour les foutre à la porte.

Je prépare une collation pour Emalla. Elle mange lentement, ses doigts fins portent les morceaux à sa bouche avec la délicatesse d'une mésange. Je note un bâillement, de légers cernes sous ses yeux; je me demande si elle dort bien, ces temps-ci.

Elle se lève et explore tranquillement le salon, observe avec attention chacune des photos dans leur cadre, puis repère les compositions de la classe de Lise qui traînent sur mon bureau.

Suna?

(C'est quoi ?)

Un projet avec la classe de cinquième année. Ils vont écrire des poèmes en inuttitut pour faire un livre.

Elle feuillette les exercices, articule silencieusement les mots posés dans les perles des *ujamiit*.

Emalla, la bonne élève. Celle qui mange les livres, celle qui pourrait enseigner ou devenir vétérinaire un jour.

Peut-être que tu pourrais m'aider ? Je vais devoir tout traduire en français.

Elle lève les yeux.

C'est fun ! Je peux aider.

Je souris.

Alianartuq!

(Ça me rend heureuse !)

Emalla choisit une feuille et lit les mots à voix basse. Je tends l'oreille pour prendre des notes.

Nunivak ? C'est un mot ? Je l'ai déjà entendu comme prénom.

Elle rit doucement.

C'est les deux. Ça veut dire « berry picking ».

Cueillir des baies.

Ah ça tombe bien. Je veux aller nunivak. Nunivaliarumavunga?

(Je veux aller cueillir des petits fruits ?)

Elle lève le pouce.

Tu es bonne ! Maintenant je vais aller à la maison. Je dois donner la nourriture à Nala.

Elle repose l'exercice sur le bureau, égalise minutieusement la pile de documents.

Comment on dit une feuille de papier en inuttitut ?

Emalla réfléchit un instant, plisse les yeux.

Sikutsajaq. Comme la petite glace sur l'eau quand c'est le début de l'hiver.

Elle remet son manteau et ses bottes. J'étouffe un fou rire en voyant leur taille impressionnante, comme si ses pieds grandissaient plus vite que le reste de son corps. Elle dépose un baiser sur la tête de Nala, chuchote quelques mots à son oreille et attache la laisse à son collier. Postée près de la fenêtre, je la regarde s'éloigner dans la lumière radieuse de fin d'après-midi, trottinant derrière la chienne ravie de se dégourdir les pattes.

Je retourne à mon bureau, je fouille sous la montagne de papiers pour retrouver mon cahier de notes. Je retranscris soigneusement.

Sikutsajaq.

Siku.

(La glace.)

Tsajaq.

(Matériel pour faire.)

Gabriel trouverait ça beau : le papier, une fine couche de glace sur un lac ou une baie. Je pense à le rappeler, mais je risque de lui parler d'Emalla avec trop d'enthousiasme, de souhaiter en avoir une comme ça un jour, une belle grande fille douce qui aime les animaux. Il répondrait sûrement des choses gentilles comme *tu ferais une bonne maman* ou *j'aimerais que tu puisses vivre ça*, mais il ne dirait pas *moi aussi.*

Je laisse le téléphone enfoui sous les coussins du divan et je m'approche du lavabo. Je nettoie les moules une à une avant de les placer dans le chaudron, cherchant une option pour remplacer le vin blanc.

—12

Debout derrière son pupitre, Simeonie se balance d'une jambe sur l'autre, le visage cramoisi.

Mary lui adresse quelques mots en inuttitut. Il inspire profondément.

Illu.

(Igloo.)

Devant lui, sa feuille est tapissée d'une écriture joliment maladroite qui s'étire depuis chacune des perles de son *ujamik*. Le fruit de ses efforts pour l'exercice du jour : expliquer, en quelques phrases, le choix des mots de l'atelier précédent.

Mikijuutsunga illuliuriursasunga angutiulaarama ilippalialangajunga ullutamaat. Sinigiaqalaarmigama inutuulunga.

Les paroles de Simeonie s'accrochent les unes aux autres pour former une mélodie douce, mais incompréhensible à mon oreille, malgré deux années d'études.

Mary traduit pour Lise et moi.

Il dit que quand il était petit il a appris à construire un igloo. Il voulait apprendre un peu chaque jour parce que plus tard il serait un homme et il veut être capable de dormir seul.

Simeonie rougit de plus belle et se laisse tomber sur sa chaise. Je m'approche et je presse gentiment son épaule.

Wow, Simeonie ! C'est vraiment beau. Je peux voir ?

Il hoche timidement la tête. Je fais glisser mon doigt sous le premier mot.

Mikijuutsunga.

Les mots accordéon, qui s'étirent à l'infini pour se transformer en phrases dont le sens peut changer à cause d'une seule lettre.

Je répète à voix haute en découpant chacun des morphèmes. Simeonie m'observe d'un œil amusé.

Miki. La base verbale : être petit.

Juq. Transforme le verbe en nom, un qui.

U. Retransforme le nom en verbe, être, et fait tomber la consonne qui précède.

Tsunga. Terminaison du mode *tsu*, première personne du singulier.

Mikijuutsunga. Moi étant un qui est petit.

Simeonie attrape son efface et la place en équilibre sur son nez. Les rires fusent autour de lui, redoublent d'intensité quand l'objet dégringole sur son bureau. L'heure s'achève et les enfants s'agitent ; je repousse l'exercice vers Simeonie, remettant mon analyse à plus tard.

Au fond de la rangée, Mary encourage patiemment une élève qui cherche à disparaître derrière son étui à crayons.

Lucy.

Au bout d'un moment, elle accepte de se lever, les mains crispées sur sa feuille.

Qajaq.

(Kayak.)

Elle parle d'une voix ténue, le regard baissé, sans voir les hochements de tête approbateurs de Mary.

La langue orale m'échappe encore cette fois, sauf un mot.

Nangiaq.

Lucy relève les yeux et traduit elle-même ses paroles.

Je suis jamais allée dans un kayak, mais je veux apprendre, mais j'ai peur parce que ça bouge comme ça.

Elle mime le mouvement d'une embarcation qui ballotte. Tout le monde rigole.

Nangiaq.

(Avoir peur à cause du fait de se trouver dans une position physique instable.)

La précision de l'inuttitut dans toute sa splendeur : chacune des peurs nommée en fonction de ce qui la cause.

Je fouille dans ma tête pour retrouver les autres pendant que Mary félicite Lucy, les joues en feu, mais le sourire aux lèvres.

Irsi.

(Avoir peur d'un être vivant dangereux ou d'une réalité insaisissable.)

Ilirasuk.

(Avoir peur à cause d'une situation sociale gênante.)

Et encore un dont je n'arrive pas à me souvenir, puis qui me revient soudain.

Pingigak.

(Avoir peur pour quelqu'un d'absent, craindre qu'il lui soit arrivé malheur.)

La cloche sonne. Les élèves rangent précipitamment leurs affaires et s'engouffrent dans le corridor. Je fais lentement le tour de la classe, rassemblant les textes abandonnés sur les pupitres.

Des nuées d'enfants emplissent la cour avant de se disperser en étoile sur l'un ou l'autre des chemins qui entourent l'école. Je sens les années qui reculent : j'ai neuf ans, j'attends ma mère qui est encore en retard. Je joue sans entrain dans la cour déserte, jetant des coups d'œil de plus en plus inquiets vers le coin de la rue où sa Subaru ne se décide pas à apparaître.

Elle finit toujours par arriver, en souriant et en s'excusant, mais la fois d'après j'imagine quand même un accident de voiture, une crise cardiaque, une chute dans les bois.

Mary se penche vers moi.

Ça va ?

Je rougis.

Oui, oui.

Elle pointe le paquet de feuilles que j'ai à la main.

Est-ce que je peux faire des copies ?

Je salue Lise et j'accompagne Mary au deuxième. Dans la salle des professeurs, elle dépose la pile de *ujamiit* sur la photocopieuse et actionne la machine pendant que je me promène distraitement dans la pièce.

Le ronronnement de l'appareil s'interrompt. Mary me tend les originaux et glisse les copies encore chaudes dans une chemise. Elle m'observe quelques secondes.

Ça va, tu es sûre ?

Je fais signe que oui. Elle me touche gentiment le bras.

Qaigit.

(Viens.)

Elle m'entraîne sur la mezzanine qui surplombe le gymnase, où un groupe de joueuses écoutent attentivement leur entraîneur.

Regarde.

Elle pointe la plus petite.

Oh ! C'est Annie ?

Elle hoche la tête.

Annie !

Annie lève les yeux et nous aperçoit assises dans les gradins ; elle esquisse une moue gênée et retourne bien vite à ses coéquipières.

Mary ne se laisse pas démonter, elle lance des encouragements qu'Annie fait mine d'ignorer, sa voix mélangée au crissement des espadrilles sur le plancher et au bruit sourd du ballon qui frappe contre les paumes.

—13

Des coups sonores frappés à ma porte en début de soirée, une joyeuse bande se bouscule dans l'entrée : Nathan, Sarah et Serena, Elisapie et Louisa, main dans la main avec un jeune homme que je ne reconnais pas avant de croiser son regard charbonneux.

Jordan ? Ah mon Dieu !

Il m'adresse un sourire coquin et enfouit son nez dans la chevelure de Louisa. Jordan, le petit grassouillet sympathique à la silhouette désormais élancée, la démarche féline et l'air du parfait tombeur.

Derrière lui, Maggie ferme la marche, ses énormes lunettes noires sur le nez malgré l'heure tardive. Elle enlève ses bottes d'un coup de pied et abandonne sa veste sur le plancher, mais les verres fumés demeurent sur son visage.

Devant la maison, le vieux Honda reprend son souffle, immobile dans la pénombre.

Le bras de Maggie oscille doucement, tendu par le poids d'une bernache encore tiède.

C'est pour toi. From Nathan's uncle.

J'accepte maladroitement le cadeau. Je ne sais pas comment tenir la bête, je passe près de l'échapper et tout le monde rit, sauf Maggie qui secoue la tête et s'écrase dans le fauteuil près de la fenêtre. Elle enfile ses écouteurs et ne bouge plus, mis à part son pied gauche qui bat la mesure.

La joyeuse surprise de la voir arriver dans le gymnase, la dernière fois ; elle n'était pratiquement pas venue de l'été. Elle s'était affalée sur un banc, fixant avec indifférence la partie de ballon-quilles en cours, refusant mon invitation à se joindre à l'une ou l'autre des équipes, même si elle adorait ce jeu. Je me demandais pourquoi elle s'était pointée, si elle cherchait quelque chose, peut-être juste la bruyante présence des autres.

Jordan tapisse le sol de vieux cartons où je dépose l'animal. Nathan s'agenouille et entreprend le plumage minutieux de la poitrine de l'oie, les gestes sûrs, les mains solides. Sur le plancher, les touffes de plumes s'accumulent pour former une montagne légère qui s'écroule à intervalles réguliers.

Dans son coin, Maggie marmonne et s'agite en fixant son téléphone.

À l'autre bout de la pièce, Sarah, Louisa et Elisapie se bousculent devant mon ordinateur. Elles parcourent ma collection musicale en grimaçant, puis se rabattent sur mes photos.

Où est ton amoureux ?

Je m'approche pour leur montrer les images qu'elles ont déjà vues ; elles font la moue, elles en veulent d'autres. Je remonte plus loin dans le temps, j'en cherche des plus anciennes.

Nos premières vacances : le pont de bois où j'avais pleuré devant un héron, émue devant sa beauté fragile.

Gabriel ne savait pas pourquoi j'étais si triste, comme si j'avais une rivière qui me coulait dans le sternum.

Sarah se tourne vers moi.

Tu as un bébé ?

Je secoue la tête.

Quand tu vas avoir un bébé avec Gabriel ?

Ils n'ont pas tellement changé, finalement, toujours la même prodigieuse habileté à mettre le doigt exactement dessus, les petits crisses.

Dans la cuisine, Nathan a sorti son couteau. Coupe les ailes. Coupe les pattes. Jordan les frappe l'une contre l'autre comme pour les faire applaudir.

Want some?

Je décline l'offre en souriant. Il récupère avec précaution ce que Nathan a laissé de côté, range le tout dans un sac de plastique.

For my grandma.

Nathan fait glisser son couteau dans la poitrine de la bête, sépare précisément la chair de l'os. Je rapporte une assiette de la cuisine; il y dépose les deux filets.

Les filles abandonnent l'ordinateur.

Now cook it!

Je veux fouiller pour trouver une recette, mais mes invités protestent.

Just cook it! Boil some water!

Je m'avoue vaincue, je mets l'eau à bouillir. Je pose la viande sur une planche de bois et j'essaie de la découper en parts égales, sous le regard attentif des filles, appuyées sur le comptoir de la minuscule cuisine. Elisapie ajoute du sel et du poivre à l'eau qui bouillonne, Louisa y dépose prudemment les morceaux de gibier.

Et ça doit cuire combien de temps ?

Nathan hausse les épaules.

You'll see.

Jordan ouvre la télévision.

Qaakiq!

(Hockey !)

Ils s'entassent sur le divan.

Devant la cuisinière, je me demande si l'oie est trop ou pas assez cuite. Je pique un morceau à la fourchette, je vérifie l'intérieur. J'ai de la difficulté à évaluer la cuisson ; la dernière fois que j'ai mangé de la viande, c'était ici, il y a quelques années. Du caribou.

Taima!

(C'est prêt !)

J'étends la nappe sur le plancher du salon, je dispose les assiettes, je sers des verres de jus. On mange assis par terre, avec les doigts. Je regarde les visages souriants et silencieux, les mentons barbouillés.

Je n'ai jamais pensé à servir quoi que ce soit sur le sol, au camp. On se rassemblait autour d'une grande table dans la cuisine, ils dévoraient avec fierté ce qu'on avait préparé ensemble. Des biscuits au beurre d'arachide. Des muffins aux bananes. De la bannique. Le silence satisfait qui emplissait la pièce, troublé ici et là par des bruits de mastication.

Maggie repousse rapidement son assiette. Elle se lève, fait mine d'aller à la cuisine, change d'idée, se rassoit. Elle passe du fauteuil au divan au plancher et se laisse finalement tomber à côté de Sarah. Elle se penche sur Serena, lui caresse les cheveux et couvre son visage de baisers. Elle insiste pour la prendre. Le bébé s'agite. Sarah veut ravoir sa fille avant qu'elle ne se mette à pleurer.

Veux-tu un peu de dessert, Maggie ? Des biscuits, du chocolat chaud ?

Elle remet Serena à sa mère.

Don't you have anything better?

Je pense à ce qu'il reste de ma réserve cachée au fond du garde-manger : deux bouteilles de vin et une d'Amaretto, pour les occasions spéciales ou les jours de grande déprime.

Non.

Je m'éclipse vers la cuisine, je prépare du chocolat chaud en observant Maggie de loin.

Elle s'assoit à l'ordinateur et enchaîne les vidéoclips de hip-hop, volume au maximum, s'attirant les grognements de plus en plus agacés de Nathan.

Je distribue les tasses. Maggie avale trois gorgées et abandonne son breuvage sur la table.

Come on! Let's party!

Elle se lève et se trémousse devant l'écran de télévision pendant que les protestations fusent de toutes parts. Elle s'arrête brusquement, se dirige vers l'entrée et enfile son manteau.

If you guys need a ride I'm leaving now.

Louisa répond en inuttitut, pointe le téléviseur. Maggie soupire bruyamment. Ils se mettent tous à parler en même temps. Je ne comprends rien, sauf un mot.

Auka.

(Non.)

Maggie replace les écouteurs sur ses oreilles et remet ses bottes. Dans le salon, le brouhaha laisse place à un silence résigné. Un par un, ils s'extirpent du sofa et regagnent le vestibule. Maggie est déjà dehors.

Elisapie aide Sarah à habiller Serena et l'installe confortablement dans l'*amauti*. Devant la maison, Maggie fait rugir le moteur pendant que ses amis montent à bord.

Nakurmiik pour la *nirliq*.

(Merci pour l'oie.)

Elisapie et Sarah échangent un regard amusé.

Ilaali.

(De rien.)

Elles me saluent et se dépêchent de sortir, pressées par les vrombissements du vieux Honda. Maggie fume en attendant que les filles se trouvent un coin de banquette, puis jette la cigarette à moitié consumée. Les phares illuminent brièvement la pièce au moment où Maggie fait demi-tour, emportant rapidement ses passagers.

Dans la maison, les traces du passage des enfants s'étalent comme un prix de consolation : des miettes de biscuit sur le divan, de vieux cartons couverts de sang séché et de plumes d'oie sur le plancher, de la vaisselle sale sur le comptoir. Je ne ramasse rien, je laisse le bordel me tenir compagnie.

—14

Dans le hall d'entrée, tout est encore à sa place : les bottes en désordre sur le tapis de caoutchouc, les manteaux empilés pêle-mêle sur les crochets, les tables de ping-pong qui attendent des joueurs.

Dans un coin, adjacent au gymnase, le bureau du professeur d'éducation physique que j'occupais durant l'été. Le long du mur, un banc où les enfants échangeaient leurs souliers ensablés pour des espadrilles d'intérieur, un brin plus propres. Ceux qui avaient oublié leur seconde paire de chaussures fouillaient parmi celles qui traînaient sur les étagères. Maggie et Louisa enfilaient les talons hauts laissés là par les plus vieilles et essayaient de courir. Cloc, cloc, cloc.

La même odeur de produit nettoyant flotte dans le gymnase ; accrochées au plafond, les mêmes bannières rappellent les exploits sportifs des équipes locales. Dans le local de rangement, rien n'a bougé non plus : je pourrais trouver une balle les yeux fermés.

Tom apparaît dans le cadre de la porte.

As-tu toujours besoin d'un coup de main ?

Une barbe de quelques jours lui recouvre les joues, accentuant son allure d'aventurier nordique. Je pointe l'énorme matelas coincé dans le fond de la pièce.

Veux-tu m'aider à le sortir ? On va faire une course à obstacle. Après on va jouer à la cachette scoute, ça va être parfait.

Tom sourit.

Je sais pas à qui ça fait le plus plaisir, hein ?

Je lui lance un ballon mousse qu'il évite de peu. Il empoigne une raquette de badminton, s'étire pour me tapoter la tête avec. Je l'esquive en riant.

Bon, aide-moi donc au lieu de faire des niaiseries.

Le gymnase se transforme petit à petit en parcours semé d'épreuves loufoques. La cloche sonne la fin des cours ; le grondement sourd d'une centaine de paires de bottes qui martèlent le sol en même temps s'amplifie rapidement, et bientôt des visages curieux se montrent derrière l'unique fenêtre.

Tungngasugitsi!

(Soyez les bienvenus !)

Ils entrent dans le gymnase les yeux écarquillés, ils courent d'une station à l'autre en échangeant des hypothèses sur ce qui les attend. Une horde de filles enchaînent les culbutes sur le matelas. Deux garçons s'emparent des bâtons de hockey. Un autre s'installe sur un ballon-sauteur.

Tom pointe un petit groupe qui fait méthodiquement tomber chacun des cônes destinés au slalom.

Ouin, ça va être tranquille.

Autour de nous, la joyeuse anarchie menace déjà le matériel disposé sur le sol, mais ça ne fait rien. Je laisse le chaos régner encore quelques secondes, j'étire le plaisir de les voir bouger comme si leurs corps n'avaient jamais connu la fatigue.

Qaigitsi!

(Venez ici !)

Ils reviennent au galop et s'assoient par terre. L'inuttitut comme une formule magique : toutes les consignes écoutées si facilement depuis que j'ai appris à dire *venez ici, assoyez-vous, placez-vous en cercle, avez-vous compris.*

Ils répondaient oui en haussant les sourcils. Non en fronçant le nez.

Je m'agenouille au milieu des enfants.

Nakurmiik qaigatsi. Alianartuq!

(Merci d'être venus. C'est chouette !)

On est très chanceux, Denis nous prête le gymnase ce soir. Et Thomas est venu jouer avec nous. Vous connaissez Thomas ?

Certains haussent les sourcils, d'autres rigolent. Simeonie nous fixe d'un air entendu.

C'est ton amoureux ?

J'échange un regard amusé avec Tom.

Non. Mais il m'aide pour les jeux. On va commencer par une course à obstacles. Regardez-bien la démonstration.

Tom exécute une gracieuse révérence. Les enfants gloussent et l'observent attentivement pendant qu'il slalome autour des cônes avec un bâton de hockey et une balle, rampe dans un tunnel, culbute sur le matelas, franchit vingt mètres en bondissant sur un ballon sauteur et traverse des cerceaux suspendus à différentes hauteurs. Un très jeune garçon se précipite pour l'accueillir au fil d'arrivée, main tendue. Tom lui tape dans la paume avec enthousiasme, bon joueur, comme toujours, comme la fois où Maggie et Louisa avaient tapissé son pick-up avec des post-it : nos deux noms entourés d'un cœur, multiplié à l'infini. Ça l'avait fait rire.

Je vérifie une dernière fois les obstacles.

C'est bon ? On fait deux équipes.

La course une fois : victoire des *amaruit* (loups). La course deux fois : revanche des *tuttuit* (caribous). Une troisième fois pour connaître les vrais vainqueurs.

Siasie court tellement vite que j'ai peur qu'elle fonce dans le mur. Simeonie échappe son bâton de hockey, déclenchant une avalanche de protestations chez ses coéquipiers.

Uimaaaaaaaaaaaa!

(Dépêêêêêêêche !)

Les sons résonnent dans le vaste espace, la même voyelle s'étire comme si le mot n'allait jamais s'achever.

Le gymnase se réchauffe. Un garçon en sueur retire son t-shirt et l'envoie valser dans un coin de la salle.

Deux fillettes se débarrassent de leurs chaussettes.

Les caribous l'emportent de peu.

Une voix s'élève au-dessus de la cacophonie ambiante.

Maintenant toi et Tom !

Je soupire. Tous les enfants répètent en chœur.

Toi et Tom !

Tom m'entraîne gentiment vers le point de départ, le visage fendu d'un énorme sourire.

Qu'est-ce que tu me donnes si je gagne ?

Je le toise d'un œil sceptique.

Tu penses que t'as des chances ?

Simeonie s'improvise arbitre.

Taima? Atii!

(Prêts ? Partez !)

Je m'élance avec mon bâton, concentrée sur la balle et sur les cônes, essayant d'ignorer Tom qui a déjà pris de l'avance et les spectateurs qui scandent nos noms avec toute la force de leurs poumons. Au tunnel, Tom ralentit et je rattrape mon retard. Sur le matelas, j'épate la foule avec une culbute plus élégante que la sienne.

Trois ans de gymnastique quand même !

Il me distance à nouveau au ballon sauteur, mais ses difficultés avec les cerceaux me permettent de franchir la ligne d'arrivée quelques secondes avant lui.

Le public pousse des cris de joie.

Tom fait la moue, faussement dépité, avant d'éclater de rire. Il essuie son visage sur la manche de son chandail, attrape sa bouteille et avale une longue gorgée d'eau.

Bon ben finalement, qu'est-ce que tu me donnes pour ma victoire ?

Il m'adresse un clin d'œil.

Tout ce que tu veux !

Les enfants se bousculent autour de nous pendant un moment, puis s'élancent vers l'autre bout de la pièce, mus par le même signal invisible. Ils s'empilent sur le matelas, hilares, l'air d'avoir subitement oublié notre présence. Je fais signe à Tom de me suivre. On réaménage discrètement l'espace pour la cachette. Les enfants rappliquent en vitesse, les plus vieux expliquant brièvement les règles aux plus jeunes. Les joueurs se mettent en position, la main règlementaire posée sur le mur du fond pour éviter les tricheries.

Atii!

(Partez !)

Une fillette minuscule remporte la partie ; elle prend fièrement ma place pour le deuxième tour. Les rondes s'ajoutent, les enfants mènent le jeu à tour de rôle jusqu'à la fin de la période.

Demain, encore ?

Je souris.

Pas demain, mais je vais demander à Denis si on peut revenir une autre journée.

Les joueurs se glissent hors du gymnase un par un, attrapent leurs manteaux suspendus aux crochets. Les voix aigües résonnent dans le hall. La porte extérieure s'ouvre et se referme une dizaine de fois. Les pas s'évanouissent au loin.

Tom s'écrase sur le matelas.

Ouf. Je suis brûlé.

Je me laisse tomber à ses côtés, je ferme les yeux. Le grésillement de la ventilation est étrangement bruyant, tout à coup.

As-tu quelque chose de prévu ce soir ? Je pourrais te faire à souper. Pour ta victoire.

Je me redresse lentement.

C'est gentil, mais ça dérangera pas Alice, de la visite à l'improviste ?

Il échappe un rire triste.

Elle a été transférée, elle ne fait plus Salluit-Kuujjuaq. Ils l'ont mise sur le vol de la côte d'Hudson, donc elle dort à Montréal la moitié du temps... Comme ce soir. Elle dit que c'est temporaire, que c'est juste pour dépanner, mais...

Je nous imagine à la station de recherche, nos corps qui se frôlent en préparant le souper dans la cuisine étroite. Sa main qui me fait goûter la sauce à la petite cuillère.

Je pense que je suis trop fatiguée, ils m'ont brûlée moi aussi les tabarouettes. Mais on se reprend bientôt ?

Tom acquiesce d'un léger signe de tête, l'air sage, évaluant du regard le bordel qui encombre la pièce.

Bon, on ramasse ?

–15

Mamaittuquti.

(La plante qui ne sent pas bon.)

Thé du Labrador.

Je verse l'eau bouillante sur le sachet ; c'est bon pour le sommeil, il paraît. La tisane locale qu'on trouve pourtant juste dans les épiceries fines, en ville, emballée dans de jolies boîtes. Les enfants ont toujours refusé d'en boire.

C'est le thé des Qallunaat.

Quand on faisait de la bannique, ils mettaient tous leurs doigts dans la pâte. Ça me faisait rire, même si je savais que j'en mangerais plus tard. Ils fouillaient dans les armoires pour trouver des sachets Tetley.

Ma grand-mère prend toujours ça !

Je ne pouvais jamais gagner contre les grands-mères, leur force tranquille au fond des yeux, leurs lèvres minces qui ne remuaient pas pour rien.

Un moteur gronde quelque part au loin. Le bruit s'accentue rapidement ; un quatre-roues surgit à toute vitesse devant la grande fenêtre du salon et enchaîne les tours de piste dans le stationnement de la Coop. Une fois. Deux fois. Trois fois avant de s'arrêter en dérapant sur le gravier.

Je pose la tasse encore fumante, j'enfile mon manteau et mes bottes.

Tapi près de l'entrée du magasin, le véhicule ronronne doucement, immobile. La flamme d'un briquet vacille une seconde dans l'obscurité, le bout d'une cigarette rougeoie.

Maggie ?

Le moteur rugit comme une salutation. Le quatre-roues avance dans ma direction.

What's up?

Je pointe ma maison, en face, la lumière allumée à la fenêtre du salon.

Sinigunnangittunga.

(Je ne peux pas dormir.)

Ivvili?

(Et toi ?)

Maggie exhale un long jet de fumée.

It's not my bedtime yet.

La cigarette se consume lentement au bout de ses doigts.

Veux-tu venir chez moi ? Prendre une collation ? Boire un thé ?

Elle secoue la tête, tire une dernière bouffée. Elle jette son mégot à mes pieds.

You want to go for a ride?

J'hésite. Elle fait mine de partir.

OK.

Je monte derrière. Elle démarre en projetant un millier de roches dans les airs, file à vive allure vers la rivière et tourne à l'intersection sans même ralentir un peu. Je m'agrippe à mon siège, Maggie remarque mes mitaines et elle rit ; je suis une poule mouillée qui s'habille pour l'hiver en septembre.

Le vent renverse mon capuchon et s'engouffre dans mes oreilles, me rappelant la tuque oubliée sur son crochet. L'air froid de l'automne me fouette le visage jusqu'au bout de la route, un cul-de-sac dans un *pit* de sable. Maggie fait tourner le véhicule sur lui-même. Une fois. Deux fois. Trois fois. Le vieux Honda s'immobilise dans un nuage de poussière.

Elle coupe le moteur. Les phares s'éteignent, le décor disparaît dans la noirceur opaque.

On est vraiment au milieu de nulle part, hein ?

Maggie remue sur la banquette.

It's for target shooting.

Elle s'allume une cigarette.

Ah oui ? Est-ce que tu viens tirer des fois ?

La fumée me pique la gorge.

Je retiens un toussotement.

Not really. It's more for the cops.

Je me glisse hors de mon siège, je fais quelques pas prudents autour du véhicule.

Est-ce que les policiers sont corrects avec toi ?

Elle hausse les épaules.

Not too bad I guess.

Je ne sais pas si elle a déjà raconté ce qui lui était arrivé à la police. Probablement pas. De toute façon, le gars est rendu loin, bien à l'abri au Sud.

Maggie lance son mégot devant elle. Je remonte en selle. Je me demande si on va s'enfoncer dans la toundra, mais elle fait demi-tour. Elle roule plus lentement, en zigzag dans les rues des nouveaux développements :

Salluit 3, Salluit 2. La rivière empêche de construire d'un côté, alors on creuse dans l'autre direction, de plus en plus loin de la mer. Quand on survole le village, de nuit, ça donne l'illusion d'une grande ville : il y a tellement de lumières qui brillent au bord de la baie.

Maggie accélère en descendant la côte et fonce vers l'école, la pédale au fond. Je ne sais pas si je dois ouvrir grand les bras pour mieux goûter la grisante sensation de liberté ou me tenir de toutes mes forces à mon siège. Je me risque à lâcher une main. Maggie trace une ligne sinueuse dans la cour déserte, puis s'arrête de justesse au pied de l'escalier.

Un étrange silence enveloppe le bâtiment d'habitude si animé. Maggie arrivait souvent la première, les jours de camp. Je trichais un peu, je la faisais entrer avant les autres. On déjeunait juste toutes les deux, dans la cuisine inondée de soleil. Des bribes de voix nous parvenaient de la cour par la fenêtre ouverte. Maggie me souriait d'un air complice.

What was the name of that game we used to play here?

On a joué à des tonnes de jeux ici. Maggie aimait presque tous les sports, surtout le kickball.

Qikarit!

(Ne bouge pas !)

Sa voix pleine d'autorité, freinant les ardeurs de ceux qui avaient le malheur d'essayer de voler un but.

Aawwww yes, that's the one. Kickball.

Ma main voudrait se tendre vers son épaule, mais je la laisse sur mon genou.

T'aurais été une bonne monitrice.

Elle se tourne vers moi, fronce les sourcils. Elle fouille dans ses poches et sort son téléphone, choisit une chanson de Rihanna qu'elle fait jouer à tue-tête. La musique enveloppe Maggie comme une nappe de brouillard ; je la laisse disparaître un moment, mon pied discrètement appuyé sur le sien.

–16

OCTOBRE.

Arnalirnguutivik.

(Moment où les mâles sont en compétition pour les femelles.)

Mes pommettes gèlent tranquillement pendant que je progresse sur la grande côte. Le quatre-roues de Tom gémit doucement ; je me demande si je me rendrai à l'aéroport.

La toundra jaunie par l'automne s'étire à l'infini de chaque côté de la route. Au sommet des montagnes, la fine couche de neige fond lentement sous le soleil radieux. Je pourrais changer d'idée, quitter le chemin et me perdre dans le décor, espérer qu'un troupeau de caribous me passe sous le nez.

Le vieux terminal surgit finalement au bout de la longue montée, flottant dans la poussière des véhicules qui arrivent et repartent à intervalles réguliers.

À l'intérieur, la salle d'attente est bondée : les passagers s'enregistrent pour le vol de onze heures. Les enfants vont et viennent à travers les lourdes portes battantes. Les petites vieilles sont assises bien droites sur les chaises de plastique inconfortables. Les bébés dorment dans les *amautiit*, indifférents à tout le bazar.

Alice en uniforme apparaît derrière le comptoir et m'observe d'un œil taquin.

T'es pas déjà tannée de nous autres ?

Je rigole en faisant signe que non.

Je viens juste chercher un colis.

Elle disparaît un moment avant de revenir avec sa liste de passagers.

Es-tu contente de ta nouvelle run ?

Elle hausse les épaules.

C'est correct, mais c'est juste en attendant. Je veux faire mon cours pour devenir pilote.

Je souris.

C'est génial ! Tu serais vraiment bonne.

Elle me fixe quelques instants, l'air dubitatif, puis me rend mon sourire, hochant la tête comme pour confirmer son idée.

Devant la porte, une file se forme en vue de l'embarquement. Alice me salue et s'éloigne pour accueillir les passagers. Ils s'avancent un par un sur la piste, agitent la main et soufflent des baisers aux proches restés derrière la vitre. J'attends que l'aéroport se vide, que la porte de l'avion se referme. Je regarde le Dash 8 rouler de plus en plus vite, je guette le moment où les roues massives se détacheront du sol.

Au comptoir, on me remet une grosse boîte envoyée par Gabriel, qui a griffonné à même le papier kraft.

Si les réserves s'épuisent plus vite que prévu.

Je secoue légèrement le paquet pour deviner ce qui se trouve à l'intérieur : du chocolat, sûrement, et des livres. Je caresse du bout des doigts l'écriture brouillonne, les majuscules jetées pêle-mêle au milieu des mots.

Gabriel et ses délicates attentions. Mon thé préféré dans son armoire. Des chocolatines pour déjeuner. Le lit qu'il ne prendrait pas la peine de faire, mais qu'il arrange soigneusement parce qu'il sait que j'aime les couvertures bien placées. Des petites choses pour que je me sente le mieux possible, même si je n'arrive pas à oublier que ce n'est pas chez moi.

Dans le stationnement, je ficelle le colis avec précaution à l'arrière du véhicule de Tom. Je roule lentement en jetant constamment des coups d'œil derrière moi ; j'imagine la boîte qui s'envole et finit sa course au fond du fossé, écrasée entre un emballage de chips et une bouteille de Smirnoff vide.

En bas, le village réapparaît, recroquevillé au bord du fjord. Trônant au centre de la baie, le dernier paquebot de l'année fait son ultime saucette avant que la glace ne lui interdise le passage jusqu'au printemps. Bientôt il y aura la vraie neige, il faudrait peut-être que j'apprenne à conduire un skidoo.

Je traverse les nouveaux développements, je file au bord de l'eau. Au milieu du pont, je m'arrête pour revérifier la solidité des attaches et je mets le cap sur la croix qui surveille Salluit du haut de la colline. De l'autre côté de la rivière, les roches dégringolent sous mes roues avant de s'immobiliser, perchées en équilibre précaire tout au long du sentier.

Au bout de la piste, je coupe le moteur et je descends de ma monture. Allongé entre les falaises, le fjord se donne des airs d'enfant sage, la surface parfaitement lisse sous le ciel bleu clair d'octobre.

Mes pieds s'enfoncent profondément dans la mousse spongieuse ; l'eau glacée et la boue emplissent mes bottes. Quand la toundra aura fini de flamber en rouge et or, le sol gèlera et on pourra se balader les pieds au sec, fragile répit avant que la neige ne recouvre tout pendant huit mois.

L'automne c'est le meilleur temps pour marcher dans le bois.

Ma mère se remplissait les poumons de l'air piquant des premières gelées, debout sur une grosse pierre plate. On faisait attention aux chasseurs : on portait des dossards orange, on chantait *Sainte Nuit* à tue-tête.

L'hiver on était beaucoup plus silencieuses. La rivière emprisonnée sous la glace ressemblait à une route mystérieuse, apparue comme par magie au milieu de nulle part. Nos raquettes en babiche laissaient des traces de yéti sur le rivage.

Tout en bas, la surface tranquille de la baie s'anime peu à peu. Des embarcations vont et viennent entre le quai et l'immense navire, creusant des sillons sur le fjord immobile, le grondement de leurs moteurs se frayant discrètement un chemin jusqu'en haut de la montagne.

J'examine le ciel, la mer, la toundra ; je cherche un harfang des neiges, un béluga, un caribou. Ou même plus modeste : un lagopède, un lemming. Un animal comme un signe de quelque chose, peut-être, une sorte de réponse à tous les messages que j'envoie dans les airs.

–17

LES FEUILLES LIGNÉES COUVRENT presque entièrement le plancher du salon. Sur le papier, l'écriture syllabique trace de jolies formes, étrangement géométriques quand on est habitué à la rondeur des caractères latins.

Qajaq.

(Kayak.)

Je pose le texte de Lucy sur la table de la cuisine, à côté du paquet éventré de Gabriel.

Nangiarnatuugunnaninga ilisarpasugu.

Je découpe patiemment les morceaux. Je commence par ceux que je connais.

Nangiarnatuq.

(Un qui cause d'avoir peur dans une position physique instable.) Le sens de la phrase apparaît peu à peu. « Moi m'efforçant à répétition d'apprendre sa capacité à être cause d'avoir peur dans une position physique instable. »

Je pige une tablette de chocolat dans la boîte ouverte, je grignote en cherchant une façon de rendre l'idée en français. J'aimerais que Gabriel soit assis sur la chaise d'en face ; il sait poser une main dans mon dos quand les mots ne viennent pas, lire et réfléchir avec moi pour défaire les nœuds.

Il rit au téléphone.

Je fais pas grand-chose tsé. Comme ça le colis s'est bien rendu ?

Je plonge machinalement la main dans la boîte, j'éparpille les cadeaux sur le comptoir.

Oui ! Je vais essayer de pas tout manger ce soir.

Il rit encore.

Est-ce que tu peux m'aider avec une phrase ? Je comprends le sens, mais je sais pas comment dire ça en bon français.

Je lis la traduction littérale. Gabriel reste silencieux un moment. J'imagine les mots qui flottent dans son esprit comme un banc de poissons, et lui qui nage quelque part au milieu, confiant d'arriver à saisir celui qu'il faut.

Peut-être quelque chose comme apprivoiser les dangers ?

Je relis la phrase une fois, deux fois.

Oui, je pense que ça a de l'allure.

Je repousse mon cahier de notes.

Et toi, as-tu avancé dans ton histoire ?

Il hésite.

Pas beaucoup. Y a quelque chose qui fonctionne pas dans le début, mais je suis pas certain quoi.

Je souris. Gabriel le jardinier patient, capable de peaufiner une phrase pendant des jours, de bichonner amoureusement chacun des mots. Capable aussi de se retrouver coincé dans un bocal, de se cogner contre les parois en cherchant désespérément la sortie.

Tu peux continuer quand même et retravailler le début plus tard ?

Il réfléchit quelques secondes, tiraillé.

Ou tu peux me l'envoyer. Je pourrais te dire ce que j'en pense.

Il reste silencieux un moment. Je connais sa timidité, sa difficulté à partager ses écrits, et pourtant ça a toujours été la chose la plus simple entre nous. Mon côté tracteur qui l'aide à ouvrir le chemin, sa minutie qui m'empêche de tourner les coins ronds.

OK.

Je laisse le silence s'étirer un peu, même si je cherche plutôt à le remplir, d'habitude. Je me demande si quelque chose a changé, depuis mon départ, si ça lui fait du bien d'avoir plus d'espace.

J'allume la lampe du salon, je lève les yeux vers la fenêtre pour voir disparaître les derniers rayons de soleil.

En tout cas, ici, l'hiver s'en vient. Il commence à faire noir de bonne heure.

Je voudrais ajouter que ça me donne envie de me construire une cabane de couvertures avec les coussins du divan, une sorte de nid où j'aimerais me blottir avec lui, mais je ne dis rien.

Il pose des questions sur la fin de la saison, sur l'arrivée prochaine de la neige. Il parle de l'automne à son apogée, au Sud, de la tiédeur de l'air qui invite à flâner dehors. J'entends les notes d'excitation dans sa voix, le bonheur de se sentir libre alors qu'il a travaillé si fort pour sortir de sa coquille. L'aîné d'une famille nombreuse qui a passé son enfance à s'occuper des autres, qui bégayait, petit, peinant à s'exprimer.

Je replace tranquillement les livres et le chocolat dans la boîte. Je ne sais pas s'il existe un endroit pour nous deux, je pense à tout ce qui peut dérailler quand deux êtres humains essaient de bâtir quelque chose ensemble, et aussi à la beauté fragile d'une charpente qui tient le coup, malgré tout.

–18

UNE FINE COUCHE DE GIVRE recouvre les voitures endormies. Je m'attarde un moment sur la galerie pour m'envoyer des *shooters* de froid au fond de la gorge.

L'air glacé a figé la poussière sur les chemins; nos chaussures resteront propres jusqu'à l'arrivée de la neige.

Au coin de la rue, assise devant sa maison, les oreilles recouvertes d'une large paire d'écouteurs, Emalla caresse sa grosse chienne blanche.

Ullaakut!

(Bon matin !)

Elle lève la tête et m'adresse un vague signe de la main, puis retire ses écouteurs.

Tu n'es pas à l'école ?

Elle enfouit son nez dans le cou de Nala.

Je viens de réveiller.

Je m'assois près d'elle, je glisse mes doigts dans les longs poils blancs. Parfois, l'été, j'installais un matelas pour Emalla dans un coin du gymnase; elle s'endormait profondément, malgré la partie de ballon chasseur en cours.

Comment va ton papa ?

Elle fait la moue, le visage à moitié dissimulé dans l'épaisse fourrure de la bête.

Je pose une main prudente dans son dos.

Veux-tu venir à l'école avec moi ? Je m'en allais faire imprimer des trucs.

Elle hausse les épaules, se lève ensuite pour attacher Nala. Elle me suit en traînant les pieds, elle joue distraitement avec les écouteurs accrochés à son cou. Dans le temps, c'étaient plutôt des jumelles; elle épiait la toundra avec attention, elle attrapait des lemmings à mains nues.

À l'école, tout est calme : pas un son qui s'échappe des salles de classe, pas de bottes étalées pêle-mêle dans le hall d'entrée, pas de ballon qui frappe le plancher du gymnase.

On dirait qu'y a personne.

Emalla colle son œil sur la porte vitrée du corridor. Dans la cour, un vieux camion s'approche et s'immobilise près de l'entrée. Je reconnais Mary derrière le volant; elle sort du véhicule et se dirige vers le coffre arrière avant de venir vers nous, une énorme boîte dans les bras.

Mary ngai!

(Bonjour Mary !)

Elle dépose son fardeau par terre.

Qu'est-ce que vous faites ici ?

Emalla répond en inuttitut. Un seul mot se détache nettement à mon oreille :

Kinguraijunga.

(Je suis en retard.)

Mary nous observe un moment, l'air pensif.

L'école est fermée aujourd'hui.

Emalla lui jette un regard curieux.

Sumut ?

(Pourquoi ?)

Mary fronce les sourcils et nous invite à la suivre. On déambule lentement dans la bâtisse. Vitres fracassées dans le local d'informatique. Plantes renversées dans la classe de sixième. Graffitis le long du corridor du deuxième étage.

« *Fuck this life.* »

La phrase s'étire en énormes lettres rouges sur tout un pan de mur. Mary fixe longuement l'inscription.

La personne qui a écrit ça, il faut l'aider.

Elle a l'air fatiguée, tout à coup.

Savez-vous c'était qui ?

Elle fait signe que non.

Il y a des images sur les caméras, mais on peut pas voir clairement. Il y avait plusieurs personnes, avec des tuques et des foulards, on peut pas être certain.

Emalla s'adresse à Mary.

Ikajurlanga?

(Que j'aide ?)

Mary lui sourit, tapote doucement son épaule. Je pointe le mur.

Uvangalu?

(Moi aussi ?)

Mary lève le pouce.

•

C'est quoi la différence entre les Blancs et les moustiques ? Au moins l'hiver, il n'y a pas de moustiques.

J'éclate de rire, le pinceau suspendu à quelques centimètres du plancher. Mary sourit d'un air penaud et reprend son travail, passant et repassant le rouleau blanc sur les lettres rouges.

« *Fuck this life.* »

Je pense à ajuster le contenu de mes ateliers, inviter les enfants à remplir les perles de leur *ujamik* avec des mots qui expriment la colère. J'aimerais voir ce qu'ils pourraient écrire ; les jurons n'existent pas en inuttitut, il paraît.

À l'autre bout du corridor, bien enveloppée dans un sac poubelle, Emalla trace minutieusement la ligne entre le mur et le plafond, en pleine confiance sur l'escabeau comme un oiseau sur sa branche. J'admire ses mains gracieuses qui peignent avec assurance ; je me demande si les doigts de sa mère bougent avec la même finesse. Il paraît qu'elle est très belle, il paraît qu'Emalla lui ressemble beaucoup.

Je ne sais pas quand elles se sont vues pour la dernière fois, si leurs visages commencent à devenir flous l'une pour l'autre.

Mary lance un regard appréciateur à Emalla et lui offre quelques paroles d'encouragement. Elle dépose son rouleau, recule pour contempler son œuvre.

Ça va prendre une deuxième couche.

Je dirais même trois, mais peut-être aussi qu'on pourrait laisser le message visible en-dessous du blanc, juste au cas où quelqu'un trouverait quelque chose à répondre.

–19

INUULIRVIK.

(Naissance. Espace-temps où être dorénavant un humain.)

Un joyeux bordel règne chez Nathan. Dans le vestibule, le tapis disparaît presque sous une montagne de bottes de toutes les tailles et de toutes les couleurs. Accrochés à la rampe d'escalier, des enfants s'entraînent à sauter de plus en plus haut. Au salon, des bambins se chamaillent comme des chiots, culbutant les uns sur les autres avec un plaisir sans cesse renouvelé.

Je devrais être gênée, comme dans n'importe quelle fête, mais tout le monde se fout des mondanités ici.

Confortablement installée sur le divan, une vieille dame rigole doucement en regardant les petits qui s'agitent devant elle.

Anaanatsiaq.

(Grand-mère.)

Aida m'aperçoit et m'adresse un bref signe de tête, l'œil aussi vif que dans mes souvenirs. Je la salue en retour, légèrement intimidée par les histoires de chasse légendaires que Maggie et Nathan m'ont racontées sur elle.

À l'autre bout de la pièce, les invités s'écartent tant bien que mal pour laisser passer la mère de Nathan, transportant un gâteau recouvert de bougies.

Inuulirvisiutsiarit!

(Bon anniversaire à toi !)

Je chante avec les autres, heureuse de me rappeler les paroles, des mots que les enfants m'ont enseignés avec le sérieux qu'on accorde aux choses prioritaires.

Les plus jeunes rappliquent en vitesse et s'agenouillent sur les grands cartons qui recouvrent le plancher de la cuisine. Ils poussent des cris de joie lorsque Nathan éteint ses quatorze chandelles d'un seul souffle et tendent leur assiette avec empressement.

Nathan découpe soigneusement son gâteau et distribue les parts, maniant le couteau avec prudence au milieu des enfants surexcités. Derrière lui, la table recouverte de verres en styromousse propose un tout autre genre de dessert.

Suvalik : des œufs de poisson mélangés avec des petites baies dans de la graisse Crisco.

Entassées sur la même chaise, Elisapie et Sarah interrompent leur bavardage et m'observent, l'air taquin. Elisapie me tend un gobelet : je relève le défi et je prends une énorme bouchée. Les filles poussent des cris de surprise ; j'en prends une deuxième sous leurs encouragements amusés.

Perchée sur le comptoir, Louisa nourrit Jordan à la petite cuillère, alternant les bouchées de dessert et les baisers. Sarah m'envoie un sourire moqueur, comme si elle n'avait jamais fait la même chose, et je souris aussi, comme si moi non plus.

Je passe les invités en revue. Je ne vois toujours pas la quatrième mousquetaire.

Où est Maggie ?

Elisapie hausse les épaules.

Elle voulait pas venir.

Les œufs de poisson remuent doucement dans mon estomac.

Pourquoi ?

Elisapie détourne les yeux, étrangement gênée, tout à coup.

Je ne sais pas.

Je regarde par la fenêtre, comme si Maggie allait passer à toute vitesse sur son quatre-roues. Quelques enfants chevauchent nonchalamment leurs bicyclettes, les yeux plissés par le soleil. Ils retirent une main du guidon, puis une deuxième, ils traversent la route sur une seule roue.

Dans la cuisine, Nathan a entamé le déballage de ses cadeaux. Chaque présent circule parmi les jeunes invités qui sont prompts à tester la marchandise : un bambin enfile le chandail des Canadiens, un autre triture la paire d'écouteurs. Au bas de la pile, ne reste plus qu'un paquet long et étroit ; je tressaille malgré les motifs enfantins du papier d'emballage.

Nathan esquisse un sourire en découvrant le fusil. Il le fait doucement glisser hors de la boîte et l'examine d'un œil expert. Les plus petits s'agglutinent autour de lui et de son cadeau d'anniversaire, ils mettent leurs doigts partout; je me concentre sur le buffet pour ne pas les voir tourner et retourner la carabine dans tous les sens.

Ils finissent par s'en désintéresser et reprennent leur séance de lutte sur les coussins. Nathan rejoint Aida dans le salon et dépose sa nouvelle acquisition sur les genoux de sa grand-mère. Elle soulève le fusil, approche son œil du viseur.

Je me demande l'effet que ça fait, fixer une cible. J'approche à pas hésitants. Nathan relève la tête et m'adresse un sourire malicieux.

You want to try it?

Je fantasme une seconde sur une version plus assurée de moi-même, tirant du *gun* les cheveux au vent dans la toundra silencieuse, avec le bruit de l'écho qui résonne jusqu'au fond de la baie.

Je lui fais un clin d'œil.

Maybe next time.

Aida poursuit scrupuleusement son inspection, discutant avec Nathan à voix basse. Son timbre est doux et régulier, cassé à l'occasion par une inflexion plus rugueuse : un double *j*, un *q* qui vient de la gorge. Les pauses s'étirent longuement entre les phrases. On dirait qu'elle répète toujours les mêmes paroles, avec tous les mots qui partagent la même racine.

Dans la pièce, d'autres petits groupes se sont formés : des amoureux, des amis, des tout jeunes, des très vieux. Les conversations naissent et s'éteignent sans que personne semble se soucier des silences. Nathan dit quelque chose qui fait rire sa grand-mère ; elle s'esclaffe bruyamment en lui tapotant le genou. Je voudrais le remercier pour l'invitation, mais je n'ose pas rompre le charme. Je retrouve mes bottes parmi l'impressionnante collection et je sors en envoyant la main aux enfants qui s'amusent près de l'entrée.

Dehors les apprentis cascadeurs ont déjà filé sur leurs bolides, prêts à conquérir d'autres recoins du village. Je cherche une odeur d'essence, le bruit lointain d'un moteur fatigué, mais les rues s'entêtent à rester tranquilles.

Je remonte la côte au lieu de rentrer chez moi, je fais un grand détour par le nouveau développement. Je traîne le long de la rivière jusqu'à la baie, j'avale l'air froid à grandes bouffées, savourant son odeur de neige à venir.

–20

La toile entrebâillée laisse filtrer les premiers rayons du soleil ; dehors la clarté naissante révèle les quelques centimètres de neige venus se poser durant la nuit. Entre le panneau de la fenêtre et le châssis, une étroite ouverture permet au grondement d'un moteur de se faufiler dans la chambre pour me tirer du sommeil à l'avance.

Derrière la maison, un quatre-roues s'éloigne lentement sous la lumière grise de l'aube. À cheval sur le véhicule, Nathan a fière allure dans son chandail rutilant, coiffé de ses écouteurs, son nouveau fusil en bandoulière.

Au bord de la fenêtre, le béluga de pierre somnole sous le rideau, indifférent au chasseur qui vient juste de lui passer sous le museau.

Qilalugaq!

(Béluga !)

Nathan et Mickael se payaient ma gueule à chaque sortie en canot. Ils faisaient semblant, ils pointaient des baleines blanches invisibles tout autour de l'embarcation. Une fois j'en ai repéré pour vrai, avec leurs têtes d'œuf et leurs sourires d'extraterrestres : trois ou quatre *qilalugaat* à quelques mètres à peine du bateau.

Mickael se frottait le ventre en riant.

Mamarunaq!

(Ça a l'air délicieux !)

Ça n'avait pas fait peur aux bêtes : elles avaient poursuivi leur ondulation un long moment avant de plonger pour de bon.

J'aimerais aller en canot avant que ça gèle et que les bélugas foutent le camp pendant des mois, partis nager dans les eaux accueillantes d'une polynie. Le froid n'est pas si impitoyable : il laisse des trous dans la glace pour respirer, pour manger.

Je m'arrache à la tiédeur du lit, je marche jusqu'au vestibule, enveloppée dans une couverture. Je chausse mes bottes et je sors sur la galerie pour regarder le fjord qui se réveille au bout de la route. Le vent pousse les effluves de varech vers le village comme une invitation à prendre le large. J'imagine Nathan en bateau avec son grand-père, fendant les flots jusqu'à Ivujivik ou même jusque de l'autre côté du détroit, à la terre de Baffin, la voisine d'en face qui me fait rêver d'être si proche, mais encore trop loin.

L'air glacé s'infiltre tranquillement sous ma couverture. Après les frissons vient l'engourdissement, si on se laisse séduire. Je regagne l'intérieur et je prépare du thé, je le bois à petites gorgées amères et brûlantes, debout près de la grande fenêtre du salon.

Ce serait une belle journée pour l'école buissonnière, mais ce matin Ikusik rouvre ses portes.

•

Rassemblés autour de leur professeur sur le plancher du gymnase, les enfants attendent plus ou moins calmement le début de la cérémonie. Dans un coin, les élèves de Lise semblent encore habités par le sommeil, sauf Simeonie qui multiplie les grimaces au nez de ses voisins de rang.

De l'autre côté de la pièce, Emalla est assise un peu à l'écart, le visage à moitié dissimulé sous le capuchon de sa veste. Je voudrais la féliciter pour sa participation au nettoyage, mais il vaut peut-être mieux tenir ça mort, éviter de la faire dégringoler dans la hiérarchie sociale étudiante.

Au fond de la salle, les parents discutent entre eux, debout près de la table à café.

Mary s'approche du micro. Le silence se fait peu à peu dans l'assistance. Elle parle de sa voix grave et douce, elle prononce des mots que je ne comprends pas, mélodie rassurante et monotone, parfois relevée par un son rêche, guttural.

Nakurmiik Jiisusiapik.

(Merci, petit Jésus.)

Tout autour, les gens ferment les yeux alors que Mary récite la prière d'ouverture.

Jiisusiup atinganik, Amen.

(Au nom de Jésus, Amen.)

Elle cède la place à Denis, qui s'empêtre dans un long discours, en français, en anglais.

Fucking boooring!

Je reconnais la voix rauque, la voyelle qui s'étire au milieu du mot. Je fouille parmi les visages pour retrouver celui de Maggie, à l'arrière, affalée sur un banc, secouant la tête d'un air dégoûté. Les spectateurs qui l'entourent délaissent le programme officiel et rigolent de plus en plus fort pendant qu'elle marmonne d'autres mots que je n'arrive pas à saisir. Elle s'agite sur son siège, frappe à répétition le plat de sa main contre la surface de bois. Quelques rangées plus loin, un professeur se retourne pour lui jeter un regard désapprobateur. Maggie le fixe en retour, l'air narquois, puis se lève et quitte nonchalamment le gymnase.

J'hésite quelques secondes avant de la suivre, progressant difficilement à travers la foule compacte. Dans le hall désert, je m'approche de la fenêtre pour la regarder : elle s'arrête dans la cour, s'allume une cigarette.

Je me glisse à l'extérieur et je m'appuie sur la rambarde. Maggie me salue d'un bref signe de tête et pose ses énormes lunettes noires sur son nez. Je cherche ses yeux derrière les vitres teintées, je voudrais lui demander comment ça va, pour vrai, depuis tout ce temps, depuis que. Je pourrais lui dire que ça fait deux ans que j'y pense, que je fais mentalement le chemin jusqu'à la maison rouge, sur la route qui mène au pont qui mène à la montagne.

J'aurais peut-être dû poser la question plus tôt, je ne savais pas si elle avait envie de parler ou qu'on la laisse tranquille. Je ne sais toujours pas.

Je pensais pas te voir ce matin. As-tu recommencé l'école ?

Elle grimace.

Just drove my brother.

Elle fait quelques pas vers son vieux Honda, stationné de travers devant l'entrée.

Tu voulais pas venir à la fête de Nathan ?

Elle hausse les épaules. Je m'assois du bout des fesses sur le métal glacé des escaliers.

Qu'est-ce que tu vas faire aujourd'hui ?

Elle exhale la fumée en piétinant la neige qui fond déjà, indifférente aux traînées boueuses qui maculent à présent ses souliers.

Nothing. There's nothing to do here.

Maggie s'appuie sur son quatre-roues, donne de petits coups de pied sur les pneus.

I wish I could go somewhere.

Derrière elle, le soleil matinal s'enhardit doucement, frôlant le pied de l'escalier et mes orteils engourdis par le froid.

Nani?

(Où ?)

Entre ses doigts, la cigarette achève de se consumer.

Down South.

Je souris.

Tu pourrais venir chez moi, si tu veux.

Elle fronce les sourcils.

You're here. I need to go now.

Elle jette son mégot à mes pieds et enfourche son quatre-roues. Je me relève lentement et j'approche du véhicule.

Es-tu correcte, Maggie ? J'ai l'impression que ça va moyen, depuis un bout. Est-ce qu'il t'est arrivé quelque chose ? Je veux dire, récemment ?

Elle démarre en faisant rugir son moteur, dérape dans la neige brunâtre.

Shit happens all the time.

Elle enfouit son nez dans la fourrure épaisse qui borde son manteau.

But thanks for asking anyway.

Elle m'adresse un vague signe de la main et contourne l'école, disparaît en laissant des vapeurs de tabac flotter dans son sillage.

La bise mordante s'insinue sous mon manteau après avoir patiemment traversé chacune des couches de tissu. Je retourne dans le hall à présent bondé ; des parents terminent leur café pendant que les élèves refluent en désordre vers les classes. Je me mêle aux plus vieux qui montent à l'étage, je déambule dans le corridor fraîchement repeint. J'attends que tous aient rejoint leurs locaux respectifs, que les portes se referment pour donner un semblant de calme, puis je caresse du bout des doigts la surface où s'étalait le « *Fuck this life* », désormais invisible sous la peinture blanche.

–21

IQALLIARIAMIK ALIANARTUALUK.

(C'est tellement agréable d'aller à la pêche.)

Siasie lit d'une voix forte, debout bien droite derrière son pupitre. Près de la fenêtre, Mary l'écoute avec attention, assise dans une chaise en bois massif. Elle ponctue la lecture de hochements de tête appréciatifs, interrompue ici et là par une toux discrète.

Iqalutsimatsuni anirratuarami aliagijaujuq.

(Quand on rentre chez soi avec une prise, on est apprécié.)

Mary tousse plus fort. Siasie s'arrête, délaisse son poème pour observer Mary qui se lève, remplit un gobelet d'eau au distributeur et boit une longue gorgée.

Qanuingngitunga, kajusilaurta!

(Je suis correcte, on continue s'il vous plaît !)

Siasie demeure silencieuse un instant, puis reprend sa lecture.

Je tourne légèrement ma chaise pour voir Mary se réinstaller sur son siège. Les couleurs reviennent peu à peu sur ses joues, un large sourire s'étire sur ses lèvres alors que Siasie mime des poissons aux dimensions impressionnantes. Derrière Mary, la neige se pose dans la cour en maigres flocons épars. Elle recouvrira bientôt le village, tapissera le fjord immobilisé par l'hiver. Je pourrai peut-être le traverser à pied, accompagner les pêcheurs pour attraper des poissons sous la baie gelée.

Fais attention, va juste où la glace est vraiment solide.

Je marchais dans les traces de ma mère, c'était plus sûr, je laissais des petites empreintes de raquettes dans les siennes, plus grandes. Elle se retournait régulièrement pour vérifier si je suivais toujours, si mon foulard me couvrait bien le nez ; il soufflait un vent à causer des engelures. Le frimas accroché à ses sourcils lui donnait l'air d'une vieille dame.

Elle avait pointé la rive escarpée, en face, proposé qu'on traverse, pour une fois. On retenait notre souffle à chaque enjambée, à l'affût du moindre craquement suspect. Sur la glace, les nombreuses pistes indiquaient que les chevreuils n'avaient pas autant de scrupule.

Un long grincement s'étire au fond de la classe : Siasie se rassoit sur sa chaise, raclant les pattes sur le plancher. Mary lève son pouce haut dans les airs.

Pisiti!

(Bravo !)

Dans la rangée suivante, un garçon aux traits délicats se lève, les yeux rivés sur son pupitre. Il soulève sa feuille, se balance d'un pied sur l'autre, commence à lire d'une voix tremblante.

Lâche pas mon poussin, on arrive !

De l'autre côté de la rivière, l'épaisse couche de neige ralentissait notre progression. On ouvrait la piste en multipliant les pauses, on découvrait un coin de la forêt qu'on connaissait peu. Des épinettes massives s'accrochaient fermement à la pente abrupte qui se moquait de nos raquettes, incapables de déjouer la neige à la verticale. On s'agrippait aux branches qui nous restaient parfois entre les mains, on perdait l'équilibre à tour de rôle. Elle trouvait ça drôle, même enfoncée jusqu'aux cuisses.

Du sommet de la colline, on distinguait mieux les courbes amples de la rivière, son trait sinueux à travers la vallée. On était restées longtemps, malgré le froid.

Une violente quinte de toux résonne soudain dans la classe. Mary attrape son verre et le vide d'un trait, continuant malgré tout à tousser. Elle se relève, jette un œil dans ma direction.

Es-tu capable de finir sans moi ?

Je fais signe que oui. D'une voix rauque, Mary adresse quelques mots d'inuttitut aux élèves et passe la porte, suivie des yeux par les enfants intrigués. Je regagne l'avant du local, j'inspire longuement avant de parler.

Isumaalunnak!

(Ne vous en faites pas !)

Je vais aller la voir tantôt pour être certaine qu'elle est correcte.

Les petits visages se retournent vers moi. J'ai hâte de pouvoir leur dire que Mary va bien, que c'est seulement un mauvais rhume.

Bon... Je pense que tout le monde a pu passer au moins une fois ? Il reste pas beaucoup de temps avant la récréation, alors vous pouvez apporter vos feuilles sur le bureau de Lise.

Les élèves se précipitent devant, sauf Siasie qui reste assise à son pupitre, dessinant avec application. Je m'approche pour examiner son travail : des poissons de toutes les tailles entourent désormais son poème. Elle sourit en m'apercevant, pousse son texte vers moi.

Je dessine toutes les sortes de pêche.

Elle pointe les images une à la fois, mime chacune des techniques avec sérieux. Le harpon. L'hameçon. Le filet.

Au bas de la feuille, elle met la touche finale au dernier dessin.

Aulasaq.

(Pêcher à travers la glace.)

Est-ce que tu aimes ça, aulasaq ?

Elle hoche vigoureusement la tête, et j'imagine sa petite silhouette s'éloigner sur l'immense banquise, balançant une prise spectaculaire au bout de son bras.

–22

Au bord de la rivière, des restants de palettes récupérés sur les chantiers flambent pour réchauffer ceux qui ont le courage de passer la soirée dehors.

Près du feu, Tom boit de la Molson Dry, assis sur une chaise de camping aux couleurs du Canada. À côté de lui, Jordan fait griller une guimauve pour Louisa, fermement accrochée à son cou. Un peu plus loin, Sarah, Maggie et Elisapie partagent une cigarette, entassées sur la banquette du vieux Honda. Le *nasaq* rose de

Serena dépasse à peine du capuchon de sa mère ; elle doit déjà dormir.

Je me promène d'un petit groupe à l'autre, je m'approche pour saluer les filles perchées sur leur quatre-roues. Je voudrais caresser les joues rondes de Serena, mais je n'ose pas la réveiller.

Qiturngaq.

(L'enfant de, mais pas la mienne.)

Gabriel adore les bébés ; j'ai mis du temps à comprendre son hésitation. Sa liberté goûtée sur le tard. Son besoin d'être vraiment bien à deux avant de penser à ajouter un enfant.

Pas de débuts en guimauve pour nous, pas de longs jours au beau fixe avant de se poser des questions et que j'angoisse à l'idée de tout perdre.

Gabriel qui construit la relation avec une prudence patiente, *sans espoir, sans désespoir.*

Moi qui oscille entre les deux.

Je repère une chaise vide à côté de Tom.

Alice est pas avec toi ?

Il fait signe que non.

Ça fait deux jours qu'ils sont pris à Puvi. Le vent est débile, il paraît.

Je m'assois sur le siège libre, j'étire les jambes pour que les flammes me réchauffent les pieds.

Tu t'ennuies pas trop ?

Il avale une longue gorgée de bière.

Je fais comme toi, je prends du recul.

Pas la peine de pousser plus loin quand il serre les lèvres ; je me demande si Alice en a marre, parfois, du ressentiment silencieux.

Je fouille dans mon sac, je sors mon thermos de *thé des Qallunaat*. Derrière Tom, Jordan et Louisa grignotent la même guimauve, refusant de briser les longs filaments qui s'étirent entre leurs deux moitiés. Maggie fait quelques pas vers eux et leur lance des moqueries en inuttitut, provoquant les rires de ses copines. Dans le capuchon de Sarah, ça gigote, tout à coup ; Elisapie jette un œil à Serena et la dégage doucement de l'*amauti* de sa mère.

Elle est réveillée ?

Sarah hoche la tête, plonge la main dans sa poche pour attraper un biberon.

Veux-tu que je lui donne sa bouteille ?

Sarah sourit.

OK. Je vais prendre un petit break.

Elle embrasse sa fille sur le front, puis la dépose sur mes genoux. J'installe Serena le plus confortablement possible, mais elle repousse le biberon dès qu'elle voit sa mère s'éloigner.

C'est correct, Serena, elle va revenir.

Sarah se retourne pour lui souffler un baiser.

Serena s'agite de plus belle et commence à pleurer. Je l'appuie sur mon épaule et je me lève, je trace de brefs allers-retours dans le sable en chantant tout bas. Au bout de la route, Sarah disparaît au volant du quatre-roues de Maggie, fonçant à pleine vitesse vers les montagnes dissimulées dans l'obscurité.

Serena se calme peu à peu, attrape finalement le biberon à deux mains. Je reprends ma place, je cale le bébé au creux de mon bras.

Tom m'observe en ricanant derrière sa cannette.

Ouin, Gabriel va avoir de la pression quand tu vas revenir.

Je ne réponds rien. Je n'ai pas envie d'expliquer, d'exposer nos fragilités, nos efforts patients.

Sur mes genoux, Serena avale rapidement le contenu de sa bouteille. C'est peut-être la sensation que ça fait, aussi, d'avoir des enfants. L'impression d'être engloutie.

Dans mes bras, le petit corps ramollit à mesure que Serena se laisse glisser dans le sommeil. Je retire le biberon vide qu'elle tient encore faiblement et je la regarde dormir, pleine de confiance et de lait.

—23

AUJOURD'HUI, IL NEIGE POUR VRAI.

Qanik, la neige qui tombe.

Aputi, la neige au sol.

Aniu, la neige propre qu'on fait fondre pour avoir de l'eau.

Pukak, la neige cristallisée qui s'effrite.

Masak, la neige mouillée qui tombe.

Matsaaq, la neige mouillée au sol.

C'est tout. Presque. Avant je croyais que l'inuttitut contenait des centaines de mots pour dire neige. Ça faisait rire Mary.

C'est une légende pour les Qallunaat.

Sa maison semble étrangement vide, même si sa vieille mère glousse devant la télévision, même si Matiusie avale bruyamment son bol de céréales, même si Annie pratique ses touches contre le mur de la cuisine.

Elle va revenir quand ?

Annie rattrape son ballon d'une main experte, hausse les épaules.

Peut-être demain. Elle fait un test aujourd'hui.

Je cherche des signes d'angoisse sur son visage, mais elle semble parfaitement calme, plus absorbée par le ballon que par des inquiétudes pour sa mère adoptive.

C'est un test pour quoi ?

Annie reprend son exercice, projetant le ballon avec vigueur contre le mur.

They need to check her lungs.

Dans ma poitrine, un vieux pincement refait soudain surface.

Est-ce qu'elle est malade ?

Annie s'arrête un moment, tâte son ballon pour en évaluer la dureté.

Fatiguée. Et elle...

Elle fait mine de tousser.

Je baisse les yeux sur mon gros cartable soigneusement classé. Mes doigts se crispent sur le vinyle. Je voudrais poser d'autres questions, je voudrais qu'Annie dise que ce n'est rien. Je voudrais ne pas penser à *puvalluk.*

Puvalluk.

(Avoir de mauvais poumons.)

Tuberculose.

OK. Merci pour les nouvelles. J'espère qu'elle va aller mieux bientôt.

Annie m'adresse un bref signe de tête et entreprend une nouvelle série de touches. Le ballon frappe le mur avec une régularité impressionnante, toujours au même endroit, juste sous la rangée de plaques honorifiques qui rappellent les exploits de Mary.

For her contribution to the rescue of Charlie Jaaka, December 2009. Matiusie Cameron and Jimmy Keatainak, April 2010. Julien Lamarche, January 2012. Tamusie Tukkai, December 2013. Johnny Papigatuk, November 2014. Lukasie Alaku, December 2015.

Je replace le cartable dans mon sac à dos et je m'éclipse doucement. Je marche à pas lents sous *qanik*, la neige qui tombe. Je trace des formes du bout du pied sur *aputi*, la neige au sol.

Ukiuq. Hiver. Et aussi : année. Ici on peut compter son âge en hivers.

Sur la grève, le sable a disparu sous une épaisse couverture blanche. Dans l'eau, de fines particules de glace se sont amoncelées un peu partout, regroupées en millions de plaques transparentes à la dérive.

Je pense à tous les poèmes entassés dans mon cartable, je m'imagine les glisser dans le fjord, un à la fois : ils flotteraient un instant à la surface avant de couler au fond, comme une poignée de cendres.

Au loin, des taches de couleur zigzaguent derrière la marina : une dizaine d'enfants dévalent et remontent inlassablement la pente en trois-skis ou sur de vieilles boîtes de carton. Je me fraie un chemin dans les rues encore intactes, j'avance vers les cris d'excitation qui résonnent sur la montagne.

À la fin de l'été, on la prenait d'assaut avec nos vieux contenants de yogourt. La moitié des bleuets finissaient directement dans les bouches. Les enfants me suivaient sans protester quand il y avait un but à la promenade ; ils n'aimaient pas marcher pour rien. Ils rapportaient leur butin avec fierté, peu importe la taille de la récolte, ils couraient l'offrir à leurs grands-mères.

Une balle de neige me frappe mollement le dos. Derrière moi, Emalla rigole et pointe son traîneau.

Tu veux venir ?

Son manteau jaune flamboie dans la grisaille.

Aa.

(Oui.)

On grimpe en slalom pour éviter les petits bolides qui arrivent de tous les côtés. Au fond de mon sac, le cartable cogne contre mon dos à chaque enjambée. À mesure qu'on approche du sommet, le tiraillement de la montée s'accentue dans mes cuisses.

Je m'arrête un moment pour reprendre mon souffle. La neige a mouillé le bord de mes jeans et s'est insinuée dans mes bottes, sous mes chaussettes, partout où il y a une craque. Mes orteils gèlent tranquillement dans le feutre humide.

Emalla m'observe d'un œil taquin.

You're getting old!

Je hoche la tête, résignée.

Ningiuq.

(Vieille femme.)

Devant nous, la toundra endormie déroule ses vagues blanches mouchetées de taches brunes, dévoilant le sol rocailleux ici et là. Tout en bas, les contours des maisons s'estompent peu à peu sous *qanik* qui redouble d'intensité.

Les flocons finissent leur course entre mes cils.

OK. Atii!

(On y va !)

Emalla s'assoit dans le traîneau. Je me glisse derrière et je tente tant bien que mal de nous propulser vers l'avant. Un peu plus loin, un petit garçon observe nos tentatives en riant avant de se précipiter pour nous pousser de toutes ses forces. La luge gagne rapidement de la vitesse, fonçant vers le village à une allure vertigineuse. Le vent me siffle aux oreilles et me sable la peau; je me recroqueville dans mon capuchon et je ferme les yeux.

Le traîneau s'échoue lourdement au bas de la côte et nous éjecte de chaque côté, passagères et bagages. Je reste étendue sur le dos, paupières closes, le temps que les battements de mon cœur reprennent un rythme normal.

Quelque part au-dessus de ma tête, Emalla rit aux éclats. Une balle de neige rebondit sur mon front. J'ouvre les yeux et j'arrive de justesse à esquiver le second projectile.

Emalla indique le haut de la montagne.

Encore ?

Je secoue la neige qui recouvre mon sac à dos.

Je pense que je devrais rentrer avant que les uqatsianguarutiit soient tout mouillés.

Emalla me lance un regard curieux. J'entrouvre le sac pour lui montrer le cartable.

Asuu.

(Je vois.)

Elle agrippe son traîneau, me salue de la main et entame la longue ascension.

Les bruits de l'hiver et de l'enfance s'emmêlent dans son sillage : frottement des pantalons de nylon, craquement de la neige sous les bottes, chuintement du traîneau qui glisse sur la surface blanche.

—24

VIENS-TU FAIRE UN TOUR *de quatre-roues ? On dirait qu'il va y avoir des aurores.*

Tom jette un œil amusé sur mon pyjama.

À moins que tu sois déjà prête à aller te coucher.

Je m'habille en rouspétant un peu, pour la forme, j'empile les couches sous le regard taquin de Tom.

T'es de meilleure humeur que l'autre soir !

Il échappe un rire gêné, hoche la tête, l'air penaud.

Ouais, je m'excuse, j'étais pas en super forme.

Je tire affectueusement sur le pompon de son *nasaq*. Il pose la main sur la poignée de porte.

L'amour, hein ?

Dehors le soleil de minuit est rangé dans sa boîte pour l'hiver. Au-dessus des portes, les lumières forment une chaîne scintillante comme l'interminable guirlande d'un sapin de Noël gigantesque. Tom se dirige vers l'école, même si le meilleur point de vue se trouve sur le chemin qui se rendra un jour jusqu'à la mine, et s'arrête devant une maison que je ne connais pas.

Tu peux m'attendre ici, j'en ai pour une minute.

Je patiente sur mon siège, immobile sous la lumière diffuse projetée par le lampadaire. Le village ne bronche pas, amorti comme les bruits ambiants par la couche de neige fraîche. L'air est vif, mais la chaleur qui flotte sous mes pelures me donne envie de dormir dehors.

Quelque part dans la montagne, le hurlement plaintif d'un moteur se rapproche.

Sikituu.

(Motoneige.)

Tom réapparaît sur la galerie, sourire énigmatique aux lèvres. Il se réinstalle au volant et on met le cap vers la rivière, remontant la route déserte avant de bifurquer sur le chemin étroit qui se dessine entre les deux ravins. Ça m'excite bizarrement de penser que tout pourrait s'arrêter d'un simple coup de guidon ; un kilomètre de chaussée glissante qui force à choisir de vivre, qui convainc d'attendre avant d'aller vérifier si on se retrouve tous, à la fin.

Tom ralentit et immobilise le véhicule au pied d'un gros tas de terre. Le bout de la route, pour l'instant.

Il éteint le moteur et fouille dans ses poches de manteau, en tire une bouteille de vodka Smirnoff.

Ah c'était ça, le petit arrêt. T'encourages la contrebande maintenant ?

Il sourit.

Tu devrais être contente, je vais arrêter de piger dans ta réserve.

Il boit une longue gorgée et me tend la bouteille. Je secoue la tête.

Je travaille à l'école.

Il hausse les épaules, agite la vodka sous mon nez.

Y a pas grand monde ici pour te stooler.

J'hésite quelques secondes, puis j'accepte son offre, je bois une gorgée en grimaçant et je lui redonne le flacon. Je descends du véhicule, je marche vers le bord du chemin. Sur la crête, le froid se fait plus mordant qu'au village, contrastant avec l'alcool qui me brûle la poitrine. Je me penche dans le vide pour regarder : on ne voit pas à deux mètres.

Regarde, je te l'avais dit.

Tout doucement, le ciel commence à onduler, comme un immense drap secoué par une main invisible. Une lueur blanche pointe timidement à l'horizon. Je me rassois sur mon siège et je penche la tête pour contempler le spectacle.

Le ciel se couvre peu à peu de longues zébrures blanches. Tom sifflote, les mains en porte-voix.

Il paraît qu'on peut faire danser les aurores en sifflant, tu savais ?

Il se retourne pour me proposer d'autre vodka, mais je repousse gentiment son bras. Au-dessus de nos têtes, les aurores poursuivent leur ballet fantomatique.

Il paraît aussi que les aurores coupent la tête des gens qui restent trop longtemps dehors, pis après elles jouent au soccer avec.

Tom me fixe d'un air ahuri.

C'est Maggie qui m'a raconté ça. C'est une histoire de sa grand-mère.

Je change d'idée, je tends le bras vers la bouteille et je prends une énorme gorgée qui m'enflamme la gorge. J'attends un peu, le temps que la brûlure s'estompe.

Est-ce que tu sais s'il est arrivé quelque chose à Maggie, récemment ?

Tom remue sur la banquette.

Pourquoi tu demandes ça ?

Je lui remets la vodka et je me laisse glisser sur le sol, je fais quelques pas pour me réchauffer.

Il me semble qu'elle a pas l'air de bien aller.

Tom enfonce son capuchon sur sa tête, remonte le foulard sur son nez.

Le gars est revenu, apparemment. Il a eu un autre contrat.

L'air glacé s'infiltre sous mon manteau, délogeant ce qui restait de chaleur. Je piétine sur place en frissonnant, les bras serrés contre la poitrine.

Quand ça ?

Tom se perd un moment dans la contemplation des aurores.

Cet été. Alice a vu Maggie plusieurs fois à l'aéroport. Ils l'ont envoyée au rehab une couple de fois. Maggie a fini par dire à Alice qu'elle avait revu le gars.

Mon corps se raidit sous les nombreuses couches de linge. Je donne un coup de pied dans un banc de neige.

Câlice ! Comment ça se fait qu'ils l'ont laissé revenir ?

Tom porte à nouveau la bouteille à sa bouche.

Je sais pas. C'est vraiment dégueulasse.

Je gratte le sol du bout de mes orteils engourdis. Je repère des cailloux sous la neige et je les balance dans le vide, un à la fois, du plus petit au plus gros. Ils tombent sans faire de bruit, s'échouant quelque part au fond du ravin. Je trouve une roche beaucoup plus massive, je la soulève avec difficulté. Je la lance de toutes mes forces, mais elle retombe mollement sans basculer par-dessus bord. Je serre les poings dans mes mitaines, je les relâche lentement.

On rentre ? Je suis gelée.

Je reviens vers le véhicule. Tom avale un long trait d'alcool avant de ranger ce qui reste.

Tasse-toi, je vais conduire.

Il proteste, mais je l'envoie s'asseoir derrière. Je démarre et je fais prudemment demi-tour, Tom accroché à ma taille, puis j'accélère en faisant rugir le moteur ; ils l'entendront peut-être jusqu'à la mine.

—25

EMALLA CIRCULE PRUDEMMENT entre les feuilles étalées sur le plancher du salon. Elle s'arrête devant un des textes et s'accroupit pour le lire en grignotant un biscuit. De son tapis, Nala surveille attentivement les miettes qui tombent sur les *uqatsianguarutiit*.

Tu veux faire quoi ?

Je voudrais mettre tous les poèmes dans une boîte et l'oublier au fond d'une garde-robe jusqu'au retour de Mary. Je voudrais qu'elle soit déjà revenue chez elle, je n'aime pas l'imaginer toute seule à l'hôpital de Puvirnituq.

Aanniavik.

(Endroit où souffrir longtemps.)

Parfois on n'en revient pas, parfois on n'a même pas le temps d'aller mourir à la maison. Tout peut débouler en quelques semaines ; on peut recevoir un appel de l'autre bout du monde et apprendre qu'il faut revenir au plus vite, rentrer en catastrophe et faire ses adieux à un corps qui oscille entre deux maîtres, la morphine et la douleur.

Je m'appuie contre le dossier du divan. Devant la grande fenêtre, les quatre-roues vont et viennent dans le stationnement de la Coop, traçant leur chemin sous un épais nuage de poudrerie.

Je m'agenouille à côté d'Emalla et je choisis un poème au hasard, je le dépose sur ses genoux.

Una, uqatsianguaruti inuttitut.

(Voici le poème en inuttitut.)

Taannali...

(Et voici...)

Je lui tends ma tentative de traduction.

Uqatsianguaruti uiguititut.

(Le poème en français.)

Est-ce que tu peux regarder les deux textes et me dire si j'ai fait des erreurs en traduisant ?

Emalla ouvre de grands yeux, hésite un moment avant de se pencher sur la feuille.

Je m'éclipse à la cuisine, je fais bouillir de l'eau. Un régiment de flocons se cognent frénétiquement contre la fenêtre ; je me demande si c'est la neige qu'il faut pour bâtir un igloo.

Au fond du garde-manger, une vieille boîte Tetley attend patiemment son tour sur la tablette. Le thé des grands-mamans. *Anaanatsiaq*. Je soulève le couvercle de carton pour humer les sachets, j'en glisse un dans chacune des tasses.

J'apporte la boisson fumante à Emalla. Elle pose ses longs doigts fins sur la porcelaine, souffle doucement sur le liquide brûlant.

J'aime lui.

Elle pousse un texte vers moi.

Ulu.

Le couteau des femmes, transmis de mères en filles.

Aa. Piujuq.

(Oui. Il est beau.)

Je replace délicatement une mèche de cheveux derrière son oreille.

As-tu des nouvelles de ta maman ?

Emalla hausse les épaules.

I talk to her on Messenger, sometimes.

Elle avale une gorgée de thé, regarde Nala qui se gratte furieusement l'oreille droite.

Elle est encore à Montréal ?

Elle hoche la tête.

J'aimerais visiter elle, mais j'ai pas de l'argent.

Elle boit son thé en silence, se relève pour prendre d'autres biscuits. Je me demande si sa mère peut venir à Salluit, mais je ne dis rien. Ma mère venait toujours me chercher n'importe où. La fois de ma migraine infernale, elle avait foncé jusqu'à mon appartement pour me ramener à la maison, même si elle était malade aussi.

Son visage assombri quand elle avait su pour mon infection attrapée à la piscine, et le médecin consulté sans lui dire. Je n'avais pas osé lui en parler. Je ne voulais pas ajouter de poids sur ses épaules, détourner une partie des forces nécessaires à sa guérison. Les larmes se bousculaient au coin de ses paupières.

Je suis encore ta mère.

Je déchire une page vierge de mon cahier de notes et je griffonne mon numéro de téléphone.

Si jamais tu viens visiter ta maman à Montréal, appelle-moi. Tu pourrais rester chez moi si tu veux.

Emalla accepte le bout de papier en rougissant. Elle baisse les yeux, pointe les miettes éparpillées avec un sourire d'excuse.

Oups.

Elle se tourne vers la chienne, qui est couchée dans le vestibule.

Qaigit!

(Viens ici !)

Nala se lève d'un bond souple et trottine vers le salon. Elle lèche le plancher avec vigueur, engloutissant rapidement la moindre trace de biscuit sous les éclats de rire de sa maîtresse.

—26

Il tombe une neige de messe de minuit.

Je décris la scène dans les moindres détails à Gabriel : le ciel bas, la lumière laiteuse, le village endormi.

Il rit doucement.

Je connais personne d'autre qui serait aussi excitée d'avoir de la neige en octobre.

Je m'éloigne de la fenêtre et je me glisse sous l'épaisse couverture qui traîne sur le sofa.

Ça serait encore mieux avec un poêle à bois. Et des chats.

Chez nous, ils occupaient le divan à eux tout seuls, profondément endormis dans la chaleur du salon. Ma mère lisait dans un fauteuil. On s'était dépêchées de rentrer avant la noirceur et l'humidité glacée des soirs d'hiver. Nos vêtements mouillés séchaient près du poêle. Je préparais du chocolat chaud. Elle préférait un petit verre de rouge.

Je serre la couverture contre mes épaules. À l'autre bout de la pièce, mon bureau disparaît sous une énorme pile de poèmes, seul signe de désordre dans la maison bien rangée.

Pis peut-être un ou deux enfants pour foutre le bordel.

Gabriel reste silencieux un instant.

Ça serait beau.

Les petits pas, *sans espoir, sans désespoir.* On ne dit rien pendant un long moment.

Est-ce que ça va bien à Salluit ?

Mes doigts se crispent sur le tissu molletonné.

Moyen.

Je parle de Mary et de son séjour à l'hôpital qui s'étire, de ses poumons qui souffrent d'on ne sait pas quoi. Gabriel prononce des paroles réconfortantes que je n'entends pas vraiment, la tête encombrée d'images de l'*endroit où souffrir longtemps.*

Et y a Maggie aussi. Je pense qu'elle va pas très bien.

Une boule de chagrin se coince au fond de ma gorge. Au bout du fil, Gabriel attend patiemment que les sanglots s'apaisent.

Je sais pas pourquoi ça m'angoisse autant. Je sais même pas pourquoi je pleure comme ça.

Je ferme les yeux et je laisse jaillir les larmes, j'attends que la rivière s'échappe, goutte à goutte. Je m'excuse à Gabriel ; il proteste gentiment.

C'est correct. T'as le droit de vivre tes sentiments.

Je souris en imaginant son visage, lui qui a sauvé sa peau en plongeant vers les profondeurs, fouillant les épaves et les trésors perdus. Un poisson abyssal, capable de nager dans le noir, et moi une truite arc-en-ciel qui aime cabrioler dans les rayons de soleil à la surface.

Dans ma poitrine, les remous se calment un peu. Je m'extirpe du sofa et je me dirige vers le garde-manger.

Est-ce que ça va aller ?

J'attrape une des deux bouteilles cachées tout au fond.

Oui.

Je trouve du cheddar dans le frigo et un reste de croustilles dans l'armoire, puis je m'installe à table, la couverture traînant sur le plancher.

Qu'est-ce que tu vas faire du reste de ta soirée ?

Je débouche la bouteille.

Je vais souper comme ma mère quand on n'était pas là : des chips, du fromage pis du vin.

Gabriel rigole.

J'aurais aimé ça la connaître.

J'avale une gorgée de vin.

Moi aussi. Je veux dire : la connaître plus.

La connaître d'égale à égale. Poser les questions qui ne viennent pas à une adolescente, celles qui surgissent plus tard. Découvrir ce qu'elle a été avant d'être ma mère.

Tous les morceaux qui manquent, tous les petits et grands mystères qui ne seront pas résolus.

—27

SURUJUTTUQ.

(Il pleut.)

L'humidité presque chaude de l'air étonne en cette fin d'octobre, rameutant les enfants en bottes colorées tout autour des flaques qui envahissent le village.

Devant la Coop, une joyeuse bande explore l'étang qui s'est formé au bas de l'escalier, avançant à pas prudents jusqu'à ce que l'eau menace de s'engouffrer sous le caoutchouc.

Sur la baie, la dentelle tracée par les premiers cristaux de glace a disparu, avalée par les eaux sombres d'une mer en furie. La neige se détache du sol en grosses plaques grisâtres, grugée de tous les côtés par la puissance de l'averse.

Mon manteau trop épais me colle à la peau, inutile comme la fourrure d'un ours polaire, par ce temps. Les animaux se sentent peut-être poisseux sous leur pelage, eux aussi, ou sous leurs plumes, les lagopèdes ont peut-être envie de redevenir bruns, tout à coup.

La boue me grimpe jusqu'aux chevilles pendant que je zigzague entre les mares naissantes, sans savoir quoi faire de cette pluie venue casser l'élan de l'hiver. Au Sud il a fallu se résigner à accueillir les redoux, mais ici je n'arrive pas à me résoudre à voir la reine *ukiuq* chuter de son trône.

Au magasin, le chuintement des chaussures mouillées se répercute d'une allée à l'autre en un bouquet de petits cris plaintifs. Près de la caisse, des enfants ont transformé le plancher humide en patinoire, multipliant les glissades entre les clients qui attendent leur tour. Au bout de la file, un jeune homme garde son visage à demi enfoui sous un énorme capuchon.

Nathan.

Il patiente en jouant avec une balle de ping-pong, la projetant de plus en plus haut dans les airs. Sa paume est large, ses doigts sont longs et encore agiles ; la main qui ne ratait jamais sa cible au ballon chasseur, celle qui a eu raison du lagopède à Pingualuit.

Le pied à peine posé sur le tarmac, il avait repéré la bête avant de l'assommer d'une pierre, sous le regard médusé du directeur du parc. Il ne comprenait pas pourquoi on ne pouvait pas chasser dans la zone protégée. Il avait ressorti son *aqiggiq* une fois toutes les collations dévorées ; on avait ri.

Tant de fois où j'avais rigolé sans que les enfants comprennent pourquoi, tant de fois où c'étaient eux qui riaient sans que je pige la blague, mais ce jour-là en voyant l'oiseau mort précautionneusement emballé dans un sac Ziploc, on avait tous ri ensemble, pour la même raison.

Nathan ngai! Suvit?

(Allô Nathan ! Qu'est-ce que tu fais ?)

Il glisse la balle dans sa poche et me salue d'un hochement de tête. Du bout de son pied, il fait valser un chariot bien rempli.

Uumajursiuriasivit?

(Tu vas à la chasse ?)

Il sourit.

Good one. Yep.

Je m'efforce de sourire en retour malgré l'inquiétude qui m'étreint le ventre. Nathan se penche sur le panier et pose méthodiquement ses provisions sur le tapis roulant : Beef Jerky, Kraft Dinner, Pepsi.

Tout seul ?

Il fronce les sourcils.

With Jordan.

Il tend une liasse de billets à la caissière, puis repêche une boîte vide derrière le comptoir pour y empiler ses achats. Je cherche une trace de l'accident de Mickael, un pli dans le front, une main qui tremble, mais son visage est lisse, ses gestes tranquilles.

Ça vous dérange pas trop, la pluie ?

Nathan hausse les épaules.

Il paraît qu'il ne faut jamais dire du mal de *sila*. Le temps.

Au-dessus de nos têtes, les gouttes d'eau qui résonnent sur la tôle me pincent la peau comme des millions de piqûres. Nathan referme soigneusement les panneaux de carton et soulève son paquet.

Je me demande si tout est aussi calme en-dedans, et si ça s'apprend, si on peut apprivoiser la pieuvre qui s'accroche à son estomac.

Uumajursiuq? Est-ce que je pourrais aller avec toi, une fois ?

(Chasser ?)

Nathan me jette un regard taquin par-dessus la boîte.

I will think about it.

–28

Le centre communautaire grouille de créatures féroces, de princesses et d'animaux tout droit sortis de la jungle en visite dans la toundra. J'hésite un instant à retirer mon manteau, gênée de dévoiler mon modeste costume de chat.

À l'entrée, un monstre marin dissimulé dans un assemblage de vraies algues répand son odeur de varech d'un bout à l'autre de la pièce. Sur le plancher, un bébé dinosaure rampe tant bien que mal vers un bambin habillé en pirate. Près du buffet, trois ninjas tournent autour d'un kangourou en improvisant des mouvements de karaté.

Maggie, Louisa, Elisapie.

Wow les filles ! Vous avez du style.

Sous son bandeau, Maggie me fixe d'un air ennuyé.

We just made it for door prize.

Derrière elle, le kangourou tend un biberon à une petite main qui dépasse de sa poche avant.

Sarah ? C'est génial ton costume !

Elle rejette ses longs cheveux sur ses épaules, prend la pause comme une mannequin.

My mom made it. I hope I'll win first place!

Je dépose un baiser sur le front de Serena.

T'as de très bonnes chances, d'après moi. Ta plus grosse compétition, c'est le monstre marin.

Sarah balaie la salle du regard à la recherche de sa rivale.

Maggie inspecte le buffet sans s'émoustiller devant les friandises, traîne un moment autour de la table avant d'attraper une poignée de bonbons. Elle les avale distraitement, les yeux rivés sur un groupe de garçons qui se chamaillent dans un coin.

Boooooring.

Elle adresse un signe de la main à ses copines ; elles se faufilent au milieu d'une horde de sorcières et disparaissent de l'autre côté de la pièce. J'aimerais qu'elles restent, mais elles ne sont plus les gamines que je devais jeter dehors ou presque, le soir, épuisée après une journée passée à leur inventer des jeux.

POW !

Un bruit d'explosion retentit quelque part dans la salle, suivi d'une bruyante cascade de rires. Sur le mur du fond, une rangée de ballons s'amenuise peu à peu au rythme des lancers de dards.

Un homme âgé se penche laborieusement vers le sol et empoigne quelque chose qu'il soulève sous les acclamations de la foule.

Inummariit.

(Êtres humains complets. Aînés.)

Une femme s'approche avec empressement malgré ses jambes frêles et saisit délicatement une fléchette. Des sifflements admiratifs s'élèvent parmi le public.

Aida, la chasseuse légendaire.

Elle recule loin derrière le ruban posé sur le plancher, plie les genoux et fixe longuement la cible, le bras suspendu en l'air.

POW !

Un billet vert tourbillonne dans les airs, déclenchant une nouvelle série de gloussements.

Au milieu des spectateurs, un clown applaudit avec enthousiasme, agitant sa grosse tête colorée. Il se tourne vers moi et sourit devant mon air ébahi.

Faut pas l'écœurer, elle.

Je reconnais Denis sous la perruque et le maquillage.

Ouin, t'es pas mal chic.

Il secoue la tête, modeste, puis me complimente sur mon costume.

Bof, je vais pas gagner le concours avec ça.

Aida s'avance vers son butin et arrête d'un geste le jeune homme qui lui propose son aide. Elle se penche pour attraper sa récompense et s'en retourne triomphalement vers ses copines, agitant son billet en rigolant.

Denis la regarde s'asseoir, ranger précieusement sa récompense au fond d'un joli sac à main brodé.

On a organisé une tombola à l'école l'année passée. Ben je te jure que c'est Aida qui a gagné le plus de toutous. Elle en a eu pour tous ses petits-enfants !

Sur scène, on annonce le début du concours de costumes ; la parade des concurrents démarre sous les encouragements nourris de la foule. Je repère une place libre sur un banc près d'Aida et je m'installe timidement à ses côtés.

Des aspirants de tous les âges défilent sur les planches, fanfaronnent devant le public et saluent les juges avec une déférence comique. Aida observe les candidats avec attention, applaudit gaiement au passage de Maggie. Son large sourire lui fait des joues rondes de fillette espiègle, une trace d'enfance dans son visage d'*inummarik*.

Sarah et Serena obtiennent une généreuse ovation, mais pas autant que le monstre marin. Elles remportent la deuxième place.

La maîtresse de cérémonie félicite les participants et distribue les prix. Autour de Sarah, les trois ninjas exécutent une chorégraphie désordonnée, brandissant fièrement l'enveloppe dans les airs.

Piqatiit.

(Amies.)

Maggie m'avait appris à dire ça une fois, sa voix bourrue adoucie par une tendresse plutôt inhabituelle. C'était la plus grande des quatre, la plus forte. Elle savait repousser les vilains d'un simple regard.

On tamise les lumières. Toutes sortes de personnages envahissent le plancher de danse. Je m'appuie contre le mur et je regarde de loin, avec la vague impression d'être de retour dans le gymnase de mon école secondaire.

Aida me tapote le genou, le geste empreint d'autorité tranquille.

Taanisirit!

(Danse !)

Sur mes joues, le maquillage picote doucement. Je gratte mes fausses moustaches en essayant de placer les syllabes dans l'ordre.

Taanisirunnangittunga!

(Je ne peux pas danser !)

Aida rigole et continue de pointer la piste de danse.

Atii.

(Allons-y.)

Je me fraie un chemin jusqu'aux danseurs et je fais le tour de la piste, je m'arrête pour danser avec Sarah et Elisapie. Parfaitement réveillée dans sa poche de kangourou, Serena examine les gens qui se trémoussent dans leurs costumes comme si elle ne voulait rien rater de la fête.

Les deux autres ninjas se sont volatilisées, visibles nulle part parmi l'amoncellement de fêtards disparates.

Où sont Maggie et Louisa ?

Sarah montre le buffet. Derrière la table, elles placotent avec deux hommes qui dévorent une généreuse portion de bannique.

C'est qui eux autres ?

Sarah hausse les épaules.

Je détaille les barbes, les bottes de travail. Quelqu'un tire sur ma longue queue de chat ; Serena, la bouche ronde de fascination muette. J'imite un miaulement qui la fait rigoler, je la chatouille en surveillant discrètement le coin des victuailles. Elle tend sa petite main, attrape une mèche de mes cheveux avec une vigueur surprenante.

Aoutch !

Sarah éclate de rire.

Elle fait toujours ça !

Elle écarte doucement les doigts de sa fille, me libère de sa poigne de fer. Je jette un coup d'œil au buffet ; il n'y a plus personne.

Je plaque un baiser sur la joue de Serena avant de m'éloigner vers la grande table. Je prends une bouchée de bannique, mais mon estomac proteste. J'enfouis le reste dans ma poche, je fais lentement le tour de la pièce.

Au-dessus de ma tête, l'horloge indique que novembre est dans vingt-sept minutes. Je me demande si les filles sont parties fêter ailleurs avec leurs nouveaux copains, ou peut-être simplement sorties pour fumer.

Dehors il n'y a pas d'étoiles ; le ciel est envahi par les nuages. Quelque part dans le stationnement, des rires et des bribes de conversation couvrent soudain le murmure de la fête. Je descends les escaliers, esquisse quelques pas dans la vieille neige qui s'accroche au sol boueux.

Tout au fond, derrière un amas de quatre-roues immobiles, des voix masculines s'échappent d'un camion, plaisantent avec deux jeunes femmes qui grillent une cigarette. L'une pose la main sur le rebord de la fenêtre, adresse un signe de tête à sa copine. Elle ouvre la portière arrière et se glisse à l'intérieur du véhicule. La deuxième jette son mégot d'un geste brusque et se faufile à son tour sur la banquette.

Le moteur démarre, le camion se met en marche. Un ruban rouge tournoie par la fenêtre ouverte.

Un bandeau de ninja.

—29

Natjuijarvik.

(Quand les caribous perdent leurs bois.)

Novembre.

Les degrés ont dégringolé durant la nuit, figeant la multitude de flaques d'eau en autant de minuscules étangs à patiner. Les nuages ont laissé place à un ciel bleu clair, seule touche de couleur dans la palette de bruns et de gris.

Autour des plaques de glace, de courtes silhouettes s'avancent à tour de rôle sur la surface gelée, éclatent de rire à chaque perte d'équilibre.

Piarait.

(Bambins.)

Les plus vieux dorment encore.

Je réchauffe la bannique rapportée de la fête, je prépare du thé. J'enveloppe la *panirtitaq* dans du papier d'aluminium, je verse le *tii* dans un thermos.

Un pique-nique pour célébrer le retour de l'hiver.

Je marche dans les sillons creusés par le passage des véhicules, tâte du pied la boue durcie, modelée en formes étranges. Je me demande comment va le pergélisol, en dessous, si le redoux l'a fait fondre encore un peu.

Nunaup ikiangata sikunga.

(De la terre, de son intérieur, sa glace.)

En haut de la colline, la maison de Tom joue les chiens de garde, perchée tout au-dessus du village. Je remonte la rue, je grimpe prudemment les escaliers glacés. Tom met un temps fou à venir ouvrir.

Je m'en allais faire une promenade, ça te tente ? J'ai de la bannique pis du thé.

Il décline mollement l'invitation et m'abandonne dans le vestibule, regagne le salon et s'enfouit dans la montagne de couvertures qui gisent pêle-mêle sur le divan.

C'est fini avec Alice.

J'hésite un moment, immobile dans le cadre de la porte, puis j'entre, retire mes bottes.

Sur le plancher, des vêtements dessinent un chemin de la salle de bain à la chambre de Tom. Dans la cuisine, le comptoir déborde de vaisselle sale. Je repousse les cartons de pizza empilés sur la table et je sors mon thermos, je verse le thé dans les tasses de plastique.

Je sais même pas où elle est. Elle a dit qu'elle partirait de Salluit pour un bout, le temps de faire la coupure et que ça cicatrise un peu.

Tom accepte la boisson fumante, réchauffe ses doigts dans la vapeur qui s'échappe du thé.

Il paraît qu'elle a besoin d'espace pour elle.

Je m'installe sur une chaise près du sofa, je trempe un morceau de *panirtitaq* dans le liquide brûlant.

J'imagine Gabriel à des milliers de kilomètres, dans son espace, lui aussi. Je me demande de quoi aurait l'air mon appartement après une rupture, combien de temps je resterais au lit, à peine capable d'arroser les plantes ou de nourrir le chat.

On boit en silence. Je tends le reste de la bannique à Tom.

Mange ça, pis après va t'habiller. Je te sors.

Il proteste un peu, se lève à contrecœur. Je le pousse gentiment vers la porte.

Il pointe son nez dehors, frissonnant, cligne des yeux comme un convalescent.

Coudonc, ça fait combien de temps que t'es pas sorti ?

Il hausse les épaules.

Autour de nous, le village s'éveille doucement. Une voiture nous dépasse, en route vers l'église, peut-être ; c'est *allituqaq*, le jour où respecter l'interdiction de travailler.

Près du pont, une femme fume sur le balcon de la maison de Maggie, sa tante ou sa mère, je ne sais pas. Je voudrais m'arrêter, demander si tout va bien, mais je me contente d'un bref signe de la main.

Au bord de la rivière, Tom écarquille les yeux devant ses eaux complètement libres, tumultueuses comme au printemps.

C'est tellement bizarre.

Il avance sur le pont, s'appuie sur la rambarde. Je le rejoins, fixe le treillis sous nos pieds : des milliers de petits carrés de métal comme autant de fenêtres sur les vagues bouillonnantes.

C'est épeurant, non ? Il paraît que ça gèle de plus en plus tard.

Tom hoche la tête, le regard perdu dans les remous.

Y a plus d'accidents aussi, des gens qui tombent dans l'eau en motoneige parce que la glace est moins solide.

Plus bas, la rivière se jette dans le fjord en vagues furieuses. Tom fixe l'embouchure en plissant les yeux, comme pour voir jusque de l'autre côté du bras de mer, les camps de pêche rudimentaires plantés sur la bande sablonneuse. Il reste immobile un moment, le corps agité de frissons, avant de se secouer brusquement.

OK, on bouge, là.

Il traverse sur l'autre rive et s'engage dans le sentier d'un pas rapide. Je traîne derrière, le visage offert à *siqiniq*, le soleil, j'avale le plus de rayons possible avant qu'il ne prenne ses quartiers d'hiver. L'air glacé s'engouffre dans mes poumons, me brûle la gorge, la poitrine, mais ça fait du bien, comme ouvrir grand les fenêtres, parfois, au milieu de janvier.

Tom disparaît au bout de la piste. Je le suis de loin, je marche lentement pour étirer la lumière. Je ne connais pas encore les journées de faibles lueurs, la sensation de vivre dans l'obscurité quasi perpétuelle.

Tom réapparaît sur la crête, sautillant sur place. J'accélère pour le rejoindre, le souffle court, la chaleur irradiant soudain jusqu'au bout des orteils.

Regarde.

Devant nous, un caribou s'éloigne majestueusement dans la toundra, au sommet de sa splendeur automnale : fourrure épaisse, volumineux panache, corps bien nourri en cette fin de saison d'abondance. Il se pose un instant sur le flanc rocailleux de la montagne, flairant le vent, puis s'éclipse en quelques bonds gracieux.

–30

ALLITUQARIIQ.

(Jour où avoir fini de respecter l'interdiction de travailler.)

Une fine couche de neige se pose tranquillement sur le sol dénudé, accrochée comme un collet de dentelle sur une robe austère. Au fond de la baie, le soleil se retire déjà, ses rayons parvenant difficilement à percer le mince rideau de flocons.

Devant la Coop, Sarah, Louisa et Elisapie fument une cigarette, têtes et mains nues dans la pénombre glacée de fin de journée.

Suvisi?

(Qu'est-ce que vous faites ?)

Elisapie hausse les épaules. Sarah aspire une longue bouffée. Louisa regarde ailleurs.

J'observe leurs visages ennuyés, à mille lieues des fillettes qui me collaient aux talons dès que je mettais le nez dehors, avant, qui me suivaient jusque dans le magasin pour analyser le contenu de mon panier d'épicerie.

Y en manque une, me semble. Maggie n'est pas avec vous ?

Louisa adresse quelques mots d'inuttitut à ses copines, puis fait mine de partir. Sarah attend qu'elle s'éloigne avant de répondre.

Non.

Tout autour, les quatre-roues se croisent et se recroisent au rythme des clients qui entrent et sortent du magasin, mais aucun véhicule ne porte Maggie sur son dos.

J'avance de quelques pas, le ventre soudain noué. L'angoisse, toujours, pour tout et pour rien.

Naniippa?

(Où est-elle ?)

Elisapie et Sarah échangent des regards hésitants.

Montréal.

Je m'appuie contre la rampe de l'escalier, je sens le métal froid sous mes mitaines.

Ah oui ? Pourquoi ?

Elisapie écrase son mégot, regarde Sarah du coin de l'œil comme pour obtenir son approbation.

She was losing it. She really needed to get out of here, so Alice got her a ticket.

Sa voix presque enfantine encore couvre difficilement le bruit des moteurs. J'imagine Maggie enchaîner les Pepsi dans un avion et Alice qui rigole en lui en apportant un autre ; je me détends légèrement.

Pourquoi elle voulait partir ?

Elisapie rougit, se tourne de nouveau vers Sarah, qui prend le relais.

She got into a big fight with one of the guys after the Halloween party.

Elle fixe le centre communautaire qui se dresse un peu plus loin, son stationnement désert, à présent.

Pas de camion à la carrosserie rutilante, pas de ruban rouge qui flotte au vent.

Sumut?

(Pourquoi ?)

Son visage s'assombrit.

He wanted to sleep with Louisa. She said no, but he wouldn't listen, so Maggie had to punch him right in the face.

J'échappe un rire nerveux. Sarah sourit, radieuse.

Je pense qu'il a un black eye maintenant.

Je souris aussi.

Nukilik.

(Une qui a de la force.)

Une qui roule inlassablement sur les chemins qui s'enfoncent dans la montagne.

Je n'étais jamais certaine du message, s'il y en avait un, si elle s'éloignait pour être toute seule ou si elle essayait d'alerter quelqu'un.

Est-ce que Louisa est correcte ?

Sarah termine sa cigarette et fouille dans ses poches, en sort une jolie paire de mitaines bordées de fourrure.

She will be fine.

–31

QAKURTAQ.

(Blanc.)

Qanuittuumangaat qakurtaq, aputititut tauttulik, qapu qakurtaumijuq.

(Je me demande comment définir le blanc. Cela a l'apparence de la neige au sol ; l'écume aussi est blanche.)

Dans la classe de Lise, le grand tableau disparaît presque sous les cartons de toutes les couleurs et leurs définitions pigées dans *Inuit uqausillaringit*. Un dictionnaire qui ne ressemble à aucun autre, rempli de poésie dans sa façon imagée de décrire le monde.

Aupaluttaq, le rouge.

Aupalaangajuq, le presque rouge (orange).

Tungujurtaq, le bleu.

Tungujuangajuq, le presque bleu (vert).

Sinarnaq, le gris des animaux à plumes et à fourrure.

Isurtaq, le gris des mammifères marins.

Les enfants circulent en désordre entre les affiches, butant les uns sur les autres à force de lire en marchant. Simeonie s'avance vers moi. Il veut savoir où est Mary.

Mes mains se crispent légèrement sous le bureau.

Puvirnitumi.

(À Puvirnituq.)

D'autres se retournent, les pourquoi fusent autour de nous. Je respire lentement, je cherche les mots.

Qanimajuq. Puvalirijuq.

(Elle est malade. Elle a mal aux poumons.)

Simeonie me fixe avec un sérieux inhabituel.

Quand elle va revenir ?

Plusieurs élèves s'agglutinent autour de lui, tendent l'oreille.

Aatsuk.

(Je ne sais pas.)

Dans le coin, la chaise en bois massif reste vide. Simeonie suit mon regard, fait mine de s'y installer, parvenant à me tirer un sourire.

Mais si vous êtes d'accord, on peut continuer à travailler ensemble, comme ça on aura des choses à lui montrer à son retour.

Quelques enfants hochent la tête. Lise encourage les élèves à regagner leur place, puis distribue des feuilles lignées.

J'aimerais que vous choisissiez chacun une couleur et que vous écriviez cinq choses qui sont de cette couleur-là. Vous pouvez prendre des idées dans les définitions qui sont au tableau. Après, on va partager nos mots et on va essayer d'écrire un petit texte à partir des couleurs.

Des bribes de conversation et des rires étouffés montent du fond de la classe. Lise fait quelques pas entre les rangées et ramène peu à peu le silence.

Dehors, la cour est enfin redevenue *qakurtaq*. Les empreintes de bottes forment de gracieuses arabesques dans la neige fraîche, courbes sinueuses traversées par une longue ligne droite entre la porte principale et la rue.

Tukiliriit!

(Alignés !)

Je pensais que ça voulait dire *placez-vous en rang*, au début, je ne savais pas que c'était si raide. Je devais avoir l'allure un peu militaire, avec mes consignes, mais j'avais seulement envie d'être une maman ourse, de donner l'amour comme je l'avais reçu, parfois tendre et doux, parfois rugueux.

Le vent soulève la neige en fins tourbillons qui traversent la cour comme des fantômes, culbutant les uns sur les autres dans l'espace désert. L'air froid tente de se frayer un chemin entre les châssis ; une longue plainte qui résonne juste de l'autre côté de la vitre.

Je me demande si toutes les traces de pas restent quelque part dans le sol, peut-être fossiles en devenir. Si toutes les voix se mélangent dans les rafales qui font trembler les fenêtres. Quels vestiges on laisse derrière, à part des os. Ceux du chevreuil trouvés un jour dans la forêt derrière chez moi, leur blancheur contrastant sur l'épais tapis de mousse verte. La courbe parfaite des côtes, la cage thoracique encore intacte, la précision des lignes du crâne. Ça ne m'avait pas semblé trop mal comme fin : retourner à la terre, s'enfoncer sous la forêt avant de renaître en fougère, pencher ses feuilles vertes au-dessus des eaux tumultueuses de la rivière, au printemps.

À l'avant, une fillette dépose son crayon et scrute, elle aussi, le paysage blanc.

Je jette un œil à son travail ; elle se tourne vers moi, écoute attentivement pendant que je lis ses mots à voix basse.

Tungujurtaq.

(Bleu.)

Tariuq. (Mer.)

Uviluq. (Moule.)

Kigutangirnaq. (Bleuet.)

Tasiq. (Lac.)

Qilak. (Ciel.)

Je souris.

Tu as choisi la couleur préférée de ma maman.

Elle recule sur sa chaise, soulève ses pieds pour me montrer ses flamboyantes chaussures bleues.

C'est ma préférée aussi.

—32

Qirnitaq.
(Noir.)

« Noir comme les yeux du phoque
Quand il sort la tête pour respirer.
Noir comme les cheveux des Inuit.
Les mains de mon père sont noires
Quand il répare son skidoo. »

Qirnitaq natsiup ijingittitut
Nuilituarami allumit.
Qirnitaq Inuit nujangititut.
Ataatama aggangittitut
Sikituulirilituarami.

Emalla place les deux versions côte à côte sur la table. Elle valse de l'une à l'autre, suit chacune des lignes du bout du doigt, en inuttitut, puis en français. Elle étire la main pour prendre un biscuit, se servir un autre verre de lait. Elle déguste sa collation lentement, attrape un crayon entre deux bouchées, le fait tourner entre ses doigts, le dépose.

Tu as oublié quelque chose. Regarde.

Elle pointe le mot qui suit.

Natsiq.

(Phoque marbré.)

Il y a un trou dans la glace pour qu'il respire. Tu dois écrire ça aussi.

Je me penche derrière son épaule, je souligne en rouge la partie manquante.

Le reste est OK.

J'échappe un soupir de soulagement qui fait glousser Emalla.

Ça m'a pris des heures, juste un tout petit truc comme celui-là !

Elle rit encore, s'attaque au poème suivant. À l'autre bout de la table, le reste des traductions à faire s'empile pour former une impressionnante montagne de travail.

Je tire le paquet vers moi, je le feuillette à la recherche d'un texte pas trop long, pas trop difficile.

C'est impossible à apprendre, cette langue-là.

Toujours la même réponse, chaque fois que je demandais pourquoi ce n'était pas nous qui apprenions l'inuttitut. Les haussements d'épaule, quand je voulais savoir pourquoi la langue disparaissait des salles de classe après la troisième année. Pourquoi il y avait si peu d'enseignants inuit.

Je ne savais plus quoi penser de ma propre présence dans le village, avec mes jeux en anglais, en français. Dans le gymnase, les petits visages concentrés trahissaient l'ampleur de l'effort nécessaire pour comprendre ma langue maternelle.

Celle qui avait consolé chacun de mes genoux écorchés, chaque méchanceté entendue dans la cour d'école.

Celle de la poésie que ma mère déclamait à table ; le sens du texte m'échappait souvent, mais pas la révolte qui lui brûlait le cœur.

Celle des livres lus dans le salon jusqu'aux petites heures du matin, parfois, de la maison silencieuse, sauf le bruit des pages qui se tournent.

Atiilu!

(Encore !)

Emalla fait glisser son assiette vide vers moi, le regard malicieux, ajoute un *s'il vous plaît* stratégique. Je vais à la cuisine, je rapporte d'autres biscuits qu'elle contemple d'un œil gourmand.

Nakurmiik!

(Merci !)

Mon premier mot en inuttitut : quelques syllabes timidement adressées aux caissières de la Coop, aux enfants qui m'aidaient à ranger le matériel. Je prononçais à la française, sans étirer le double *i*.

Je tendais l'oreille, mais je ne distinguais rien, au début, que des phrases fondues l'une dans l'autre en une longue mélopée. Peu à peu, les sons ont commencé à apparaître, me laissant deviner les contours des mots. Certains semblaient revenir plus souvent ; je les notais, je demandais leur signification aux enfants.

Immaqaa (peut-être). *Ulikattaq* (veste). *Siaru ai* (attends).

Emalla rature quelque chose au stylo.

Juste une petite faute ici.

Elle repousse les textes, avale le dernier biscuit.

Aimerais-tu écrire un poème pour le livre, toi aussi ? Ça me ferait vraiment plaisir d'avoir un texte de toi dedans.

Emalla hausse les épaules, fixe la pile de feuilles d'un air songeur.

Immaqaa.

(Peut-être.)

Elle se lève pour s'étirer, étouffe un long bâillement.

Can I braid your hair?

Je souris ; tant de petites mains qui ont trituré ma chevelure et qui veulent le faire encore, même plus grandes. Je me redresse sur ma chaise pendant qu'Emalla s'installe, détache ma queue de cheval.

Tu as des cheveux blancs. You're old!

Je fais semblant d'être offusquée. Emalla rigole.

Gabriel rit aussi, quand il me surprend devant le

miroir de la salle de bain en train de multiplier les contorsions. Il ne comprend pas pourquoi je les arrache, il trouve ça sexy les cheveux blancs.

Ma mère se foutait royalement des siens : les fils argentés devenaient de plus en plus nombreux dans sa splendide crinière de jais.

Emalla termine la tresse et contemple son œuvre.

Nakurmiik!

(Merci !)

Elle m'adresse un bref signe de tête avant de se diriger vers le vestibule.

Et merci pour les poèmes. J'ai de la misère à les traduire sans Mary. Mais toi, tu es très bonne aussi, et tu m'aides beaucoup.

Emalla rougit en chaussant ses immenses bottes, enfouit son nez dans le capuchon de son manteau.

Mary est revenue. Mais je peux aider encore si tu veux.

–33

Mon manteau charrie un parfum d'oignons dans le froid inodore de la fin de matinée. Je porte la soupe avec une lenteur prudente, concentrée sur le liquide orangé valsant doucement dans le contenant de plastique.

Je retiens mes jambes, malgré ma tête pressée de savoir si les nouvelles sont bonnes, ou si elles sont mauvaises. Au bout de la route, le sommet des montagnes se perd dans l'épaisse masse de nuages, voile gris posé sur les quelques heures de clarté du jour.

Dans la cour, Annie et Matiusie échangent la rondelle avec des amis.

Ullukut!

(Bonjour !)

Est-ce que Mary est à la maison ?

Annie hoche brièvement la tête et reporte immédiatement son attention sur la partie. Je gravis les escaliers et je me glisse dans le vestibule, je retire mes bottes sans déposer mon fardeau.

Dans le salon, une silhouette familière somnole devant la télévision. J'approche sans bruit, je la regarde dormir. Ses épaules semblent étrangement menues sous son t-shirt, sa poitrine moins généreuse.

Le vide discret, sous la chemise de ma mère. L'impression de la perdre un morceau à la fois.

Pas de prothèse ou de soutien-gorge rembourré, seulement la brûlante sensation de l'injustice.

Pas de faux optimisme, pas de grand jeu de la malade inspirante.

Mary se redresse soudain sur le divan, se frotte les yeux, remet ses lunettes.

Mary ngai!

(Bonjour Mary !)

Elle m'adresse un regard surpris, puis sourit, indique l'espace libre à ses côtés.

Je t'ai fait de la soupe.

Elle rigole devant la taille du plat.

C'est beaucoup !

Elle fait mine de se lever.

Dérange-toi pas, je vais aller la mettre au frigo.

Je m'éloigne vers la cuisine. Des photos familiales tapissent le réfrigérateur : Annie devant son gâteau d'anniversaire ; Matiusie à la pêche ; Mary sur son quatre-roues chargé de provisions, un enfant installé devant, un autre derrière.

Je dépose la soupe sur la tablette du haut avant de regagner le salon à petits pas, je m'assois sur le divan.

Je regarde longuement le visage fatigué, mais souriant. Les joues qui ont perdu de leur rondeur, les fossés qui se sont creusés sous les yeux.

Qanuippit?

(Comment vas-tu ?)

Mary me décoche un clin d'œil.

Still alive.

Je m'efforce de sourire, d'avoir une voix détendue.

As-tu été très malade ?

Elle se cale dans les coussins, avale une longue gorgée d'eau.

Le docteur dit que oui. Une pneumonie assez méchante. Mais ça va mieux maintenant. Je suis contente d'être à la maison.

Des cris d'excitation, le claquement sec de la rondelle sur les bâtons traversent la vitre, à peine assourdis.

J'hésite un instant, je fouille dans ma tête pour trouver le bon mot.

Aliasummijunga.

(Je suis contente aussi.)

Mary éclate de rire, m'observe d'un air étonné.

Tu as bien pratiqué ton inuttitut !

Je ris avec elle, je rougis un peu.

Ça aide d'être ici, j'ai plus d'occasions. J'ai pratiqué avec Emalla aussi. Elle m'aide à traduire les poèmes. Elle est bonne !

Mary hoche la tête, le regard pétillant.

Tu vas avoir assez de poèmes pour ton livre ?

Je compte mentalement les textes empilés sur mon bureau.

Ça devrait. J'ai eu une idée, aussi, vu que le livre sera pas prêt tout de suite. J'ai pensé que chaque élève pourrait choisir son poème préféré et l'illustrer. On pourrait faire une petite exposition à l'école.

Mary échappe un bâillement.

Les parents seraient contents de voir ça. Moi je peux pas retourner à l'école tout de suite parce que le médecin dit que je dois me reposer, mais peut-être plus tard.

Elle cherche entre les coussins, attrape une couverture qu'elle pose sur ses genoux. Ses yeux se ferment une seconde, s'ouvrent de nouveau. Elle appuie sa tête contre le dossier du sofa.

J'enfouis la main dans ma poche, je tâte les feuilles fripées, pliées en quatre. Quelques poèmes choisis parmi les textes des enfants, soigneusement recopiés pour elle, pour lui montrer comme ils sont beaux.

Une autre fois, peut-être.

Fais-toi z'en pas avec l'école. Emalla a dit qu'elle pouvait encore m'aider de toute façon.

Mary lève le pouce, me remercie d'une voix pâteuse.

Bon, je te laisse te reposer maintenant.

Je m'éclipse vers l'entrée, je remets mes bottes. Je jette un dernier coup d'œil à Mary, je cherche son regard, son sourire, un signe de la main.

Mais elle s'est déjà rendormie.

—34

« **Être chez soi** est source de plaisir
Une maison apporte la paix
Il n'y a rien
Comme être chez sa mère
La maison change
Quand la mère n'est plus dedans
On dirait qu'elle n'a plus de voix
Je m'ennuie de cette maison
Celle qui m'a faite entière
L'amour d'une mère est le seul chez-soi »

Au bout du fil, Gabriel reste silencieux un long moment.

Wow. C'est magnifique.

Il demande à l'entendre de nouveau. Je relis, j'ajoute la version en inuttitut.

anirrasimagiaq alianartuq
illu saimanartuq

anaanaup anirranga
asiqangngituq
illu asitjisuuq
nipitsaqartuujaarani
anaana illumiigunnaituarmat

anaanamma anirranganik paingngupunga
iluittuusuungugama anirrarisimagakku
anaanaup nallininga anirratuaq

Gabriel veut savoir qui a écrit le poème.

Une fille de la classe de cinquième. Dans ses mots préférés, au début, elle avait choisi angirraq. Ça veut dire « chez-moi ». Elle aurait pu prendre illu, pour « maison », mais angirraq, c'est différent.

Gabriel répète doucement : *angirraq.*

C'est un beau mot.

Je place le poème sur la table de chevet, en équilibre contre la sculpture de morse, et je me recroqueville sur le lit. Dans la petite chambre, les animaux de pierre luisent dans la pénombre. Je ne sais pas s'il existe un mot contraire, quand on a l'impression d'habiter nulle part.

J'aimerais ça avoir un angirraq.

Gabriel marque une pause, inspire profondément.

Je comprends que ça te manque beaucoup.

Je me relève pour attraper les sculptures, je les dispose en rangée au bord de l'oreiller. Je me demande combien de temps il a fallu pour les façonner, si c'est déjà arrivé à l'artiste de perdre patience. D'avoir envie de lancer son œuvre à moitié sculptée contre le mur.

On n'est peut-être pas rendus là... mais penses-tu qu'on va avoir un chez-nous un jour ?

Gabriel ne répond pas tout de suite. Je l'imagine chercher les bons mots, composer sa phrase avec soin.

Je sais que je te l'ai déjà dit, mais des fois j'ai l'impression que tu veux un chez-nous pour remplacer celui que t'as perdu.

Je fixe les murs dénudés, je recompose mentalement le décor de ma chambre d'enfant. Le papier peint fleuri. Le petit bureau où j'ai commencé à écrire. Les dauphins sous toutes les formes possibles : vêtements, bijoux, bibelots.

Gabriel qui a toujours été le chez-soi des autres ; il sait ce que ça fait, être englouti.

Tu sais qu'en inuttitut, il y a un mode verbal qui s'appelle le dubitatif ? C'est un morceau que tu rajoutes sur ton verbe pour poser une question indirecte. C'est comme dire : je ne sais pas si, je me demande, je voudrais savoir... C'est assez utile pour nous deux.

Gabriel pouffe de rire. Ses éclats sont contagieux, malgré la boule de tristesse lovée au fond de ma gorge ; je ris avec lui, soulagée un instant de partager le même refuge.

Les gloussements s'estompent peu à peu. Le silence s'installe à nouveau, plus long, cette fois.

Es-tu correcte ? Des fois quand t'es triste de pas avoir de chez-toi, c'est parce qu'il y a autre chose qui te dérange.

Mon cœur m'écrase les côtes, lourd comme des vêtements trempés. Ma gorge laisse à peine passer un filet d'air.

Mary est revenue. Elle a fait une grosse pneumonie. Elle va mieux, mais...

Gabriel comprend ma phrase en suspens, m'adresse quelques mots de sa voix enveloppante. Les larmes perlent au coin de mes paupières, délicates, d'abord, puis de plus en plus abondantes. Ça fait peur, toute cette eau qui attend d'être braillée, une baie d'Hudson enfouie dans le corps. Les sanglots s'entrechoquent au fond de ma gorge. Des torrents impossibles à dissimuler se déversent sur mes joues. Je ne sais pas s'ils vont s'arrêter un jour, si j'ai perdu à jamais ma joie de fillette *douée pour le bonheur*.

Ma mère le disait tendrement, un sourire dans la voix que je commence tranquillement à oublier.

Gabriel n'ajoute rien, mais il reste là, son silence bienveillant comme une permission de quelque chose, d'ouvrir les valves, peut-être, de ne pas craindre les déluges.

–35

TUNGUJUANGAJUQ.

Taartumi takujaugunnatuq arsaniuluni.

(Vert. On peut le voir dans l'obscurité, quand il y a des aurores.)

Les mots soigneusement calligraphiés s'embrouillent sous mes yeux, dédoublant leurs formes géométriques sous la faible lumière de la lampe de chevet. Au pied du lit, deux piles de poèmes s'affrontent, désespérément inégales : celle des textes traduits, celle des textes à traduire.

La fenêtre ouvre sur une noirceur bleutée ; les quelques heures de clarté du jour sont passées sans que je m'en rende compte.

Va donc te coucher, tu finiras demain.

Les paroles de ma mère qui résonnent dans un coin de ma tête. Elles reviennent souvent ; quand je suis fatiguée, quand je suis triste, quand je fais des conneries.

Je fais lentement glisser le panneau. Le vent s'engouffre dans la pièce surchauffée, menace d'emporter les poèmes empilés sur le lit. Je passe la tête dans l'ouverture ; le froid apaise peu à peu les élancements qui me brûlent les tempes.

Derrière la montagne, une fine trace blanche se profile dans le ciel. Un début d'aurore, peut-être. L'hiver, il paraît qu'il y en a presque tous les soirs ici, pas de quoi réveiller les enfants.

Juju.

Sa voix dans le noir, un chuchotement trahissant une pointe d'excitation. Sa main secouant gentiment mon épaule.

Viens voir !

Mes pieds qui cherchent les pantoufles sur le plancher froid. La sensation étrange de marcher dans la maison endormie. Nos pas hésitants dans l'escalier.

Dans le salon, les grandes baies vitrées révélaient un spectacle déroutant : de larges bandes vertes striant le ciel d'un bord à l'autre.

Veux-tu qu'on aille les voir dehors ?

J'avais hésité, à moitié endormie dans la chaleur du feu qui s'éteignait doucement dans le poêle, avant de faire signe que non, préférant rester blottie contre elle. On s'était tenues comme ça longtemps, immobiles, en silence.

Je referme la fenêtre.

Dans le vestibule, j'additionne les couches une à une, enfilant suffisamment de vêtements pour avoir la patience d'attendre. J'attrape un vieux sac de couchage qui traîne au fond du placard et je me glisse dans l'obscurité glacée.

Dehors le village flotte dans un épais nuage de poudre. Les bourrasques dévalent la côte et butent sur mon visage, enfoncent leurs fines aiguilles dans ma peau. Je rabats le capuchon sur ma tête et je poursuis ma route, à demi aveuglée.

Il n'y a pas de lumière chez Tom ; je n'ose pas cogner, demander les clés du quatre-roues pour aller sur le chemin qui se rendra un jour jusqu'à la mine. Je contourne la maison, le poste de police, j'escalade la colline jusqu'aux rues désertes de Salluit 2.

Tout s'arrêtait ici avant, la montagne reprenait le dessus, déroulait ses flancs rocailleux vers les vastes plaines de l'arrière-pays. Plus loin, les nouvelles constructions se camouflent sous les tourbillons de poudrerie, mais les lumières révèlent leur présence, rappellent qu'on dévore de plus en plus la toundra.

Il faudrait continuer encore pour retrouver la vraie noirceur, *taartuq*; je redescends vers le chemin qui longe la rivière silencieuse, finalement endormie sous sa couverture de glace. La neige accumulée en monticules épars me force à ralentir, à tâter prudemment le sol à chaque enjambée. On ne voit plus où la route se termine, où le fossé commence.

Le vent se fait plus mordant, brûle le moindre centimètre de peau qui dépasse. J'enfouis mon nez sous mon foulard, m'obstinant à rejoindre l'ultime rangée de maisons, à les dépasser une par une, jusqu'à la dernière.

Un peu plus haut, un énorme rocher dresse sa silhouette sombre contre l'horizon blanc. Mes bottes s'enfoncent dans la neige molle, menacent de s'arracher de mes pieds alors que je contourne la masse de pierre pour creuser un trou, à l'abri du vent.

Je me recroqueville dans le modeste refuge, bien enveloppée dans mon sac de couchage. Je fixe la lueur dans le ciel, j'attends qu'elle se fasse moins discrète.

Elle voudrait peut-être de la musique, mais je ne connais pas ses préférences. Je lui siffle une mélodie que ma mère aimait.

Quand vous mourrez de nos amours
J'en ferai deux livres si beaux
Qu'ils vous serviront de tombeaux

Au sommet de la montagne, la minuscule aurore reste impassible.

Pas de quoi réveiller les enfants.

J'en peux plus de faire passer tout le monde en premier ! Quand est-ce que ça va être mon tour ?

Tard le soir, parfois, sa voix qui tonnait assez fort pour ameuter toute la maison. Roulée en boule dans mon lit, je me promettais d'aller la trouver dès le réveil pour lui annoncer que je renonçais à tout : mon tournoi de soccer, mes cours de gymnastique, mon spectacle de guitare.

Son tour est finalement venu. Plus besoin de parler à ceux qui bouffaient son peu d'énergie. Aux autres de faire les repas, le ménage pour qu'elle reprenne son souffle, entre deux traitements. Ne plus avoir à jouer les taxis ; c'est elle qui se faisait désormais conduire, le nez dans la vitre pour admirer le paysage.

L'humidité transperce peu à peu le sac de couchage fatigué, s'attaque à mon manteau. Au-dessus de ma tête, la lumière s'étire en douce, gagne tranquillement du terrain. Elle s'épaissit imperceptiblement, vire du blanc au vert.

Arsaniit.

(Aurores.)

Elles s'étendent en vagues lentes de la montagne jusqu'au fjord, dansent langoureusement au-dessus de la rivière gelée. Je m'efforce de supporter le froid encore un peu, malgré mon corps qui tremble, planant un instant entre les esprits du ciel et ceux de la toundra.

–36

La cour ondule sous la neige remodelée en lames compactes, océan blanc scintillant sous le ciel sans nuage. Un rare soleil de novembre s'engouffre dans la classe à travers les grandes fenêtres, esquissant des motifs disparates sur les pupitres des élèves affairés.

Le parfum des crayons fraîchement aiguisés flotte obstinément comme une odeur de pain chaud, se marie aux effluves de craie et de papier neuf. Les mains tracent les lignes avec assurance sur les feuilles cartonnées, les visages sont pleinement absorbés par le choix des couleurs.

Je me demande à quoi ils ressembleront dans quelques années, si je les reverrai.

À l'avant, Simeonie dessine un phoque avec une habileté surprenante : le corps massif émergeant de l'eau, la tête ronde, le regard curieux. À l'autre extrémité de l'illustration, deux chasseurs se tiennent à l'affût dans un canot.

Wow, Simeonie! Takuminartuq!

(C'est beau à voir !)

Il se redresse, bombe le torse.

Est-ce que tu vas montrer ça à Mary ?

Je fais signe que oui.

Si elle est pas trop fatiguée, elle va venir à l'exposition. Mais si elle peut pas, je vais apporter les dessins chez elle.

Simeonie sourit, satisfait, et se remet au travail.

Derrière lui, Lise remonte lentement la rangée, poussant des exclamations admiratives. Elle regagne son bureau, examine son calendrier.

C'est ton dernier atelier aujourd'hui, c'est ça ?

Je hoche la tête.

J'ai déjà pas mal de textes, je pense que je ferais mieux de me concentrer sur la traduction. Mais je suis contente qu'on puisse faire une expo.

Devant nous, Simeonie jette triomphalement son crayon sur le pupitre.

Taima!

(Fini !)

Il se retourne sur sa chaise, exhibe son dessin sous les yeux de sa voisine.

Aussi... J'ai pensé que je pourrais organiser un vernissage pour les enfants, si t'es d'accord. Je m'occuperais de tout, là, je veux pas te rajouter du travail.

Lise se penche à nouveau sur son calendrier, balaie les cases bien remplies jusqu'à la fin du mois, tourne la page.

OK. La première semaine de décembre, ça t'irait ? Mettons le mardi ?

Trois jours seulement avant mon départ ; pas beaucoup de marge de manœuvre en cas d'imprévu, mais j'accepte, croisant les doigts pour qu'un blizzard ne s'invite pas précisément au même moment. Lise encercle la date au stylo rouge, puis se relève, repasse entre les rangées pour voir la progression des œuvres.

Je commence mentalement à dresser une liste de préparatifs, je compte le nombre de jours qui restent avant le vernissage. En haut de la page, une splendide image de nuit étoilée accompagne le mois de décembre.

Aatjuliut.

Nommé d'après les *aatjuuk*, deux étoiles qui apparaissent dans le ciel du Nord autour du solstice d'hiver. Elles sont difficiles à observer, il paraît, souvent cachées sous les aurores, ou voilées par le reflet de la lune sur la neige.

Près de la fenêtre, une élève ajoute des touches de bleu sur les contours d'un igloo. Dehors, la somptueuse lumière commence déjà à perdre de son éclat, annonçant la brièveté des jours de l'hiver à venir.

J'aurais aimé connaître le froid spectaculaire de janvier, ici, la tranquillité post-fin du monde des journées où personne n'ose mettre le nez dehors.

La patiente routine de l'habillement, parenthèses méditatives qui accompagnent la moindre sortie à l'extérieur.

Les quelques heures de clarté miraculeuse qui donnent à la neige un halo bleuté avant que la noirceur ne revienne envelopper le village.

J'avale l'air à grandes bouffées, espérant dissoudre la boule compacte qui vient de se loger au creux de ma gorge. Je n'y arrive pas, avec les au revoir. La masse pesante sur la poitrine ; la sensation qu'il y a un piège caché quelque part, que c'est peut-être un adieu déguisé.

Ça l'est, parfois.

Au fond de la classe, un groupe d'élèves s'est rassemblé autour d'un pupitre, commentant les dessins des uns et des autres. De l'autre côté de la vitre, un grondement s'amplifie petit à petit jusqu'à faire vibrer les châssis. Un tracteur jaune apparaît dans la cour avec son immense pelle, récoltant la neige dans sa gueule d'acier pour la déverser aux extrémités du terrain. Il poursuit inlassablement son manège, érigeant des montagnes que les enfants attaqueront gaiement à coups de bottes à la sortie.

Il faudrait que je les suive, que je saute dans le tas, moi aussi, pour enlacer la neige comme au Sud on enlace les arbres.

–37

La Coop se dresse comme une île de tôle au milieu des motoneiges stationnées en désordre, assaillie de clients pressés par les rumeurs de blizzard. Une vieille femme avance à petits pas sous les flocons tourbillonnants, les jambes arquées de celles qui ont voyagé dans les capuchons de leurs mères. Un groupe d'enfants la dépasse en courant, bondissant avec l'énergie frétillante des chiots.

Près des portes, une adolescente s'agite devant un jeune homme, criant assez fort pour couvrir le bruit du vent, sa fureur généreusement arrosée d'insultes en anglais.

Fucking asshole!

Pas de gros mots en inuttitut.

Je reconnais Louisa sous l'épais col de fourrure rose ; elle fonce vers le stationnement et dévale l'escalier à grandes enjambées rageuses, fendant comme une lame la neige qui tombe dru.

Figé sur la balustrade, Jordan la regarde s'éloigner dans un nuage de poudrerie, son beau visage déformé par la colère.

Jordan? Suvit?

(Qu'est-ce qui se passe ?)

Il fronce les sourcils sans répondre et s'engouffre dans le magasin.

Je les revois autour du feu, accrochés à la même guimauve. Collés sur le comptoir, dégustant leur gâteau à la petite cuillère.

Au bout de la rue, Louisa disparaît dans la pénombre.

Je pense au gars du party d'Halloween, je me demande si son *fucking asshole* était seulement destiné à son amoureux.

She will be fine, ses amies l'ont dit.

Peut-être pas tout le temps.

À l'intérieur, la Coop fourmille d'activité, inondée de chariots qui se croisent avec peine dans les allées trop étroites. Un employé passe rapidement d'une rangée à l'autre, se dépêchant de garnir les tablettes ; rien à voir avec les gestes sûrs et patients de Nathan.

Je remplis mon panier en vue de la tempête sans trop savoir pour combien de jours prévoir les provisions ; ce sera mon premier *pirsiq*.

(Blizzard.)

Près de la caisse, des fillettes étudient attentivement l'étalage de bonbons, comparant les options avec sérieux. Derrière elles, la file s'étire jusqu'au fond du magasin, les chariots qui débordent annonçant une longue attente.

Devant la machine à slush, Jordan choisit le plus gros format et fait prudemment couler le liquide bleu.

J'avance de quelques pas, j'échappe un petit rire.

Les Mr. Freeze bleus, ça a toujours été vos préférés, à toi et Nathan.

Jordan lève les yeux vers moi, l'air vaguement ennuyé.

Yeah. I should have gone with him.

Il prend place dans la file d'attente. Je me faufile derrière lui, intriguée.

Namut?

(Où ?)

Il avale une longue gorgée de slush.

Hunting. He just left yesterday.

Le vent fait trembler les murs, secoue l'immense baraque comme pour la narguer.

Ah oui ?

Un sourire amusé se dessine sur les lèvres de Jordan.

Don't worry. He will stay at his camp.

Il aspire un autre jet de liquide bleu, se détourne pour saluer quelqu'un qui passe à proximité de la file.

On dit qu'il ne faut pas sortir, quand il y a du blizzard, on dit qu'il peut arriver d'un coup et qu'en une seconde tout le décor devient blanc ; impossible de voir plus loin que le bout de sa mitaine, impossible de rentrer, même si on ne se trouve qu'à quelques mètres de chez soi.

Ma poitrine se fend d'une longue crevasse : un vide qui s'ouvre du sternum jusqu'au ventre. Devant moi, Jordan sirote nonchalamment son breuvage chimique, indifférent aux rafales qui vibrent dans toute la bâtisse.

J'enfonce les mains dans mes poches, je garde le tissu serré entre mes doigts jusqu'à la caisse.

Dehors les flocons tombent affolés, poussés sans ménagement par le vent qui s'époumone au-dessus des maisons. De l'autre côté de la rue, la mienne se dresse bien droite sous les bourrasques, en attendant que le blizzard fasse tout lâcher, peut-être : l'électricité, le téléphone, Internet. Je me traîne les pieds jusqu'à chez moi, le visage sablé par les tourbillons blancs.

La neige profite des quelques secondes d'ouverture pour s'immiscer dans le vestibule. J'ouvre la porte encore plus grand, je me demande combien de temps il faudrait pour remplir la pièce.

Je referme lentement derrière moi, étouffant du même coup les lamentations du vent. J'envoie valser mes bottes sur le tapis et je mets le cap sur la salle de bain ; je fais couler l'eau chaude avant de retourner à la cuisine pour ranger mes achats.

La maison déploie son interminable symphonie de craquements ; ils me suivent tout au long du corridor où je sème mes vêtements, jusqu'à la baignoire, où je m'enfonce doucement.

Sous l'eau tous les bruits s'adoucissent, comme l'angoisse.

Je m'efforce de garder la tête immergée le plus longtemps possible, je respire à intervalles réguliers, comme un phoque sous son *allu*.

(Trou de respiration.)

La chaleur s'évapore, les frissons se répandent dans tout mon corps, mais je m'entête à rester ; les phoques sont capables de nager dans l'eau froide. Les frissons se muent peu à peu en tremblements : je sors du bain et je m'enveloppe dans une immense serviette.

Dans la réserve, il ne reste plus que l'Amaretto et une bouteille de vin. Je choisis la liqueur d'amande, le goût sucré, sans glace pour ne pas diluer l'alcool. J'avale rapidement mon verre, debout derrière le comptoir.

Au-dessus de ma tête, le vent siffle sous le toit, comme si une créature mystérieuse avait élu domicile dans le plafond.

À l'étage, ma mère ne faisait pas un bruit. En berçant ma poupée, dans le salon, je me disais qu'elle souffrait peut-être d'une grave maladie. Ce n'était pas la première fois qu'elle se réfugiait dans son lit, aux prises avec des maux de tête lancinants.

Un étrange poids pesait sur mon ventre ; je ne savais pas si j'avais faim ou si j'étais malade, moi aussi, mais je m'efforçais de ne pas aller déranger ma mère.

Beaucoup plus tard, quand le cancer s'est installé au creux de sa poitrine, j'ai eu l'impression de l'avoir vu venir des années à l'avance.

La lumière de la cuisine vacille une fois, deux fois. Il faudrait sans doute fouiller la maison pour trouver des chandelles, mais je n'ai pas la force de bouger. Je me blottis sur le divan avec la bouteille, je me sers un deuxième verre.

Le village s'embrouille derrière les fenêtres. Le blizzard m'appelle de l'autre côté de la vitre : ce serait si facile de marcher droit dedans, de disparaître dans un grand nuage de poudre.

Ce serait fini, l'anxiété, la peur incontrôlable de perdre tout ce que j'aime.

Je me verse un troisième verre. Je glisse sur le plancher, je m'étends sur le dos. La froideur du vinyle transperce ma serviette, apaise les étourdissements, la sensation que le plafond tangue dans le noir.

Le vent qui fait grincer la charpente vieillissante me réveille au petit matin. Une barre de fer me transperce le front ; je me lève en massant mon cou endolori, pose ma tête contre la vitre glacée. Le village a disparu : ne reste que moi, et ma maison comme un traîneau tiré par une meute de chiens invisibles. Mon cœur se fend en deux, incapable de choisir entre la beauté merveilleuse de cette bulle blanche laiteuse et son implacable cruauté.

Je remets mon manteau sur son support, je plie soigneusement les foulards et les tuques qui gisent pêle-mêle sur la tablette. Je réunis chaque mitaine avec sa partenaire, j'aligne sagement les bottes sur le tapis de caoutchouc. Je fais le tour des pièces en m'arrêtant devant chaque fenêtre.

Qakurtaq.

(Blanc.)

À l'hôpital, assommée par la morphine, ma mère arrivait seulement à avaler la glace à la vanille que je lui donnais à la petite cuillère. Son dessert préféré depuis qu'elle était toute petite. La dernière chose qu'elle a mangée avant de mourir. Toute une vie entre deux boules blanches de crème glacée.

Je m'incline devant la puissance de l'hiver, je ne fais rien d'autre que lire. Boire du thé. Écouter de la musique par-dessus le vent qui souffle pour éteindre cent milliards de chandelles, jusqu'à ce que la faible lueur du jour fasse de nouveau place à l'obscurité. J'essaie de me convaincre que Nathan est bien au chaud dans son camp, qu'il a du bois en masse pour bourrer son poêle. Que Jordan et Louisa pourront se réconcilier. Que Maggie s'amuse comme une folle à Montréal. Qu'Emalla renouera avec sa maman, un jour. Que Mary sera bientôt prête à remonter sur son skidoo.

Que j'arriverai à me créer un autre chez-moi, même si j'ai perdu le premier.

•

Au lever du jour, tout est étrangement silencieux. Ma maison ne s'est pas envolée, son attelage de huskys célestes a disparu. La neige a voilé les fenêtres et les portes ; ma maison aurait besoin de secouer son manteau sur le paillasson.

Je m'habille en vitesse, pressée de tracer des pistes sur la neige qui brille à rendre aveugle. Dehors le soleil ruisselle dans le cou des montagnes, glisse en puissantes coulées jusqu'aux toits des maisons et cogne amoureusement aux fenêtres ensevelies. Je marche dans le village endormi ; mes bottes d'astronaute brisent l'une après l'autre les dunes qui se sont formées partout dans les rues.

Pendant quelques précieuses secondes, une formidable sensation coule dans mes veines et balaie toute trace d'inquiétude, un mélange de paix et de fierté indicible de ne pas être une chochotte.

Je traverse la rivière et je me lance à l'assaut de la montagne, progressant péniblement sur le sentier enterré par le blizzard.

T'aurais dû mettre des raquettes !

La voix amusée de ma mère, les jours de santé et de balade dans les bois. Je m'entête à grimper encore quelques mètres, puis j'abandonne et me laisse choir lourdement sur le dos.

Les signes de la vie qui reprend me parviennent du village ; les portes s'ouvrent à moitié, freinées par la neige amoncelée sur les galeries, les enfants en habits colorés se posent comme des fleurs multicolores sur le tapis immaculé, les chiens s'ébrouent en sortant des niches.

Quelque part au bord de la baie, le grondement d'une motoneige se rapproche tranquillement. J'étire le cou pour distinguer la silhouette du conducteur, mais je ne vois qu'une tache noire luisant sous le soleil.

•

Chez Nathan, deux fillettes ont transformé les escaliers en piste de luge miniature, profitant de la neige fraîche pour s'amuser en *crazy carpet*.

Ai! Nathan utirsimalirtuq?

(Salut ! Est-ce que Nathan est arrivé ?)

La plus grande hoche la tête.

He shot four aqiggiit.

Sous ma cage thoracique, la crevasse rétrécit tout doucement.

Aliasuppunga!

(Je suis contente !)

Les petites sœurs reprennent leur glissade. Je me faufile le long de la rampe, pousse la porte laissée entrouverte.

Dans le salon, quatre lagopèdes se font plumer par Aida accroupie sur de vieux cartons pendant que

Nathan ronfle sur le divan. Agenouillé sur le plancher, Jordan observe avec attention les moindres gestes d'Aida.

Mamarunaq!

(Ça a l'air bon !)

Jordan se redresse, esquisse un sourire moqueur. Il lance un regard à Nathan, toujours profondément endormi, et me fixe d'un air malicieux.

See? No need to worry for Nathan. He knows the land.

–38

Ukiaq.

(Automne.)

« À l'automne
Je porterai à nouveau
Mes vêtements d'hiver
Fabriqués par ma mère
Ma grand-mère
Parce qu'il recommence à faire très froid.
À l'automne
Je referai des culbutes
Dehors
Je m'amuserai beaucoup
Les aînés se remettront à trapper

Ils nous l'enseigneront
À l'automne. »

Dans la salle des profs déserte, les dessins et les poèmes recouvrent entièrement la grande table. Je relis ma traduction avant de l'insérer dans la machine à plastifier, je la dépose avec précaution à côté de l'original.

Ukiami ukiursiutiqalangammijunga
anaanaganut
ammaluunniit anaanatsiaranut
piliurtaujuvinirnik
qiunnasilirmimat.
Ukiami silami
napakkaqattanguasimmijunga
aliangngualunga.
Ukiamiummijuq
inummariit mikigiarniasimmijut
uvattinik ilisailutik.

Des années d'apprentissage dans ces caractères parfois maladroits, un long chemin que les enfants parcourent pour arriver à mettre des mots sur le papier : ceux qui les ont bercés, consolés, grondés. Ceux qui traduiront bientôt des émotions et des pensées plus complexes.

Je lis lentement la version en inuttitut, encore épatée de reconnaître des sons et des mots dans ces formes mystérieuses, de franchir ce mince passage vers un univers que je connais encore si peu.

De l'autre côté de la fenêtre, la toundra sommeille sous une épaisse couche de neige, à peine effleurée par les quelques rayons de soleil qui parviennent à traverser les nuages. Les rugissements plaintifs des motoneiges remplacent à présent le grondement des quatre-roues, les traces dentelées des chenilles s'impriment tout autour du village.

Comme ça t'as encore besoin de moi ?

Tom s'avance dans la pièce, le pas souple, loin de la version amortie de lui-même qu'il arborait quelques semaines plus tôt.

Ça a l'air d'aller mieux, toi.

Il se laisse tomber sur une chaise.

Ça dépend des jours. Alice est venue chercher ses affaires hier, c'était vraiment dur. Mais je pense que je vais survivre.

Il se redresse sur son siège et m'adresse un sourire combattif, puis indique le bordel qui s'étend devant nous.

Tu veux plastifier tout ça ?

Je fais signe que oui.

Inuttitut-syllabique, inuttitut-alphabétique, français : chaque poème vient en trois versions. En plus des dessins. C'est sûr que ça fait beaucoup, mais à deux ça devrait aller. Je veux aussi préparer des étiquettes pour identifier les œuvres.

Tom enlève son manteau, s'étire les muscles comme s'il allait réaliser un exploit physique. J'éclate de rire, je lui lance un paquet de pochettes qu'il attrape d'une main experte. Il place un premier document dans la machine, pianote sur la table en attendant qu'il ressorte de l'autre côté.

Tu dois avoir hâte de revoir Gabriel ?

Je contemple la pile de textes qui s'élève entre nous deux.

Oui. Ça me rend un peu nerveuse, mais je pense que la distance nous a fait du bien. On dirait que ça nous a aidés à mieux nous connaître.

Tom hoche pensivement la tête.

Moi après deux semaines, j'avais déjà invité Alice à s'installer chez nous.

Je lui souris au-dessus de mes étiquettes.

J'ai pas de mérite, hein, je serais sûrement déménagée chez Gabriel après deux dates s'il me l'avait proposé.

Une lueur espiègle s'allume dans les yeux de Tom. Il m'observe un moment, l'air à la fois amusé et songeur.

Vas-tu continuer tes recherches sur le pergélisol ? Même si Alice…

Tom termine la phrase pour moi.

Même si Alice m'a crissé là ?

Il rit devant mes protestations gênées.

Ben oui. Je l'aime ma job. Pis j'aime ça ici. J'aurais de la misère à retourner vivre dans le Sud, je pense. Y a trop de monde, trop de bruit, trop de papiers inutiles à remplir tout le temps...

Il pousse un long soupir. Un éclair d'euphorie me traverse brièvement le corps : le souvenir des balades en quatre-roues, à mon premier été, quand je m'étais juré de ne plus jamais travailler dans un bureau.

Je te comprends.

Dehors une motoneige traverse la cour à vive allure, effectue un impressionnant virage en épingle et repart dans l'autre direction. Le bruit de son moteur s'évanouit rapidement, laissant place à d'autres ronronnements, au loin ; peut-être ceux d'un vieux Honda fatigué.

•

Maggie est revenue dans le même avion qu'Alice.

La réponse distraite de Tom, occupé à jumeler les poèmes avec les dessins correspondants. Le mélange de joie et de soulagement soudain dans ma poitrine.

Cette fois je pourrai dire au revoir.

Il faut quitter la route principale, tourner à gauche pour rejoindre la maison rouge. Un peu plus bas, la rivière gelée retient son souffle jusqu'à la baie, retrouve sa liberté en se déversant dans le fjord pas encore pris en glace, mais ça viendra.

Dans le vestibule, des chaussures de toutes les tailles gisent sur le tapis, des manteaux occupent chacun des crochets disponibles. J'enlève mes bottes, mais je n'ose pas me déshabiller, j'hésite quelques secondes avant de pousser la porte de la cuisine.

Sur le plancher, deux bambins comparent leurs voitures miniatures, imitant le bruit des moteurs avec enthousiasme. Derrière le comptoir, une femme lave la vaisselle, chantonnant par-dessus la musique qui s'échappe de la radio.

À table, sirotant une tasse de café, Maggie arbore une flamboyante chevelure rouge.

Ullaakut!

(Bon matin !)

Maggie lève des yeux endormis et me fixe d'un air désapprobateur.

Why do you have to get up so early?

J'étouffe un fou rire, je m'avance doucement. Près du lavabo, sa mère ou sa tante rit aussi. Je m'installe de l'autre côté de la table.

C'est beau tes cheveux.

Elle fait sa moue de rock-star, passe la main dans sa chevelure.

I wish we had hair salons here.

Un des garçons s'approche, grimpe sur ses genoux. Elle plaque un baiser sur sa joue.

As-tu fait un beau voyage ?

Elle saisit sa tasse de sa main libre, boit une longue gorgée de café.

Yeah. But I missed those little stinkers too.

Le petit attrape une de ses mèches colorées, la contemple avec ravissement.

Even if they'll make me go crazy before the end of the day.

Je souris.

Si jamais t'as besoin d'un autre break, t'es la bienvenue chez moi.

Maggie m'observe d'un œil incrédule, puis grimace lorsque son frère tire brusquement ses cheveux. Elle pousse un grognement, tente de le remettre par terre, mais il proteste avec véhémence.

Je ramasse une voiturette sur le plancher, je la tends à son *ani* pour le distraire.

(Frère d'une sœur.)

Il la prend délicatement, trottine vers le salon pour la montrer à son cadet. Maggie se lève en se massant le cuir chevelu, se sert un bol de céréales qu'elle mange debout derrière le comptoir.

Je m'en vais bientôt... Je voulais te dire bye avant de partir.

Maggie me salue d'un bref signe de tête, continuant d'avaler son déjeuner. Je détaille ses grands yeux bruns, fatigués mais calmes. *Nukilik.* (Une qui a de la force.)

Je recule lentement ma chaise, pas tout à fait résolue à partir.

Takulaarivuguk.
(On va se revoir.)
Un léger sourire se dessine sur le visage de Maggie.
You're cute when you speak inuttitut.

–39

LE VILLAGE S'EFFACE AU DÉTOUR d'une falaise. Plus loin, des cabanes miniatures apparaissent au bord de la baie, frêles silhouettes se détachant nettement sur le fond gris et blanc. L'air glacé teinte le paysage d'un étrange halo bleu, traverse ma cagoule en brûlant tout sur son passage, des narines aux poumons. Le grondement du moteur se balance d'une montagne à l'autre, ponctué par les coups sourds du *qamutiik*; le traîneau bondit dans les airs à la moindre bosse et retombe lourdement sur le sol.

Nathan conduit comme un vieux routier, ses grandes mains enfouies dans d'épaisses mitaines posées de chaque côté du guidon. Ses lunettes de ski lui couvrent la moitié du visage, le reste demeure à la merci des *frostbites.*

Pelotonnée sur la banquette, je fixe la carabine accrochée à son dos, incapable d'identifier les différentes parties de l'arme, de repérer le cran de sûreté supposé empêcher les accidents.

Nathan stationne sa motoneige devant le camp familial. Pas d'autre véhicule en vue, mais un filet de fumée s'échappe de la cheminée, s'évanouissant rapidement dans l'immensité silencieuse.

Anaanatsiaq?

(Grand-maman ?)

À l'intérieur, Aida nettoie soigneusement un poisson, à genoux sur le plancher. À côté d'elle, une douzaine de prises attendent leur tour, empilées sur un carton. Perchée sur une tablette, une vieille radio à batterie diffuse un reel irlandais, lien ténu entre la cabane et le reste du monde.

Aida nous salue d'un bref signe de tête et poursuit son travail. Elle ne me demande pas ce que je fais là, et Nathan n'explique rien non plus ; je me trouve un coin libre dans la pièce encombrée et je m'assois par terre, observant discrètement la grand-mère à l'ouvrage.

Ses gestes se répètent inlassablement : tranche la tête, tranche la queue. Gratte les écailles, ouvre le ventre. Vide les entrailles.

Derrière chez moi, les poissons étaient trop petits pour qu'on les pêche pour vrai. On les capturait à l'épuisette pour les examiner avant de les remettre à l'eau vivants ; rien de trop salissant.

Aida découpe la chair en cubes bien nets, aligne soigneusement les filets sur un bout de carton propre.

Arvitaq.

(Rencontres chez les autres.)

Elle dépose son *ulu*, essuie ses mains sur ses cuisses.

(Couteau des femmes.)

Elle est venue ici toute seule ?

Nathan allume le réchaud, met l'eau à bouillir.

No, with my cousin. He went hunting but she stayed to clean the fish.

Il verse le thé et distribue les tasses. Aida balance une énorme cuillérée de sucre dans la sienne, soupire de contentement après la première gorgée.

Les écailles qui décorent ses pantalons d'infimes éclats argentés. Le *nasaq* coloré coiffant ses cheveux gris. Ses mains qui ne tremblent pas, ni sur la tasse, ni sur le *ulu*.

Il faudrait que j'apprenne à pêcher tout de suite pour être vieille comme ça, un jour.

Je lève ma tasse à la santé d'Aida. Elle rit, redessinant la multitude de plis sur son visage, puis détache un morceau de *iqaluppik*, l'enfouit dans sa bouche. Nathan se sert à son tour et fait glisser le poisson vers moi. La chair orangée fond délicatement sur ma langue, libère des effluves presque fruités.

Ostie que c'est bon. Mamartuq!

Nathan et Aida échangent un regard amusé. Le reste du repas disparaît tranquillement, arrosé de thé Tetley refroidi.

Aida attrape le dernier poisson et termine le nettoyage. Nathan lui adresse des paroles que je tente de comprendre, dépassée par la longueur des mots qui s’étirent pour accueillir tous ces minuscules suffixes qui modifient leur sens.

Seules les racines résonnent clairement à mes oreilles.

Aqiggiq.

(Lagopède.)

Aida hausse les sourcils à l’évocation de l’oiseau, se relève en s’appuyant sur une chaise. Je fouille dans ma tête pour trouver le bon mot, j’assemble minutieusement les morceaux.

Aqiggisiurialirta?

(On va chasser le lagopède ?)

Un sourire moqueur se dessine sur le visage de Nathan.

Maybe you should just watch.

Il aide sa grand-mère à enfiler son manteau, lui remet les clés de la motoneige et la carabine qu’elle accroche en bandoulière. Il se tourne ensuite vers moi, indique les prises désormais nettoyées.

Can you help with the fish?

Dehors, je suspends les poissons sur un support de bois, sous la supervision de Nathan. Il rectifie l’espace entre les filets pendant qu’Aida enfourche la motoneige, démarre le moteur.

Elle me fait signe d’avancer, tapotant le siège derrière elle. Je propose la place à Nathan, mais il me pousse gentiment vers la banquette et s’installe dans le *qamutiik.*

Aida part en trombes ; je m'accroche solidement aux poignées, les yeux rivés sur le fusil planté juste sous mon nez. On file dans la toundra, de plus en plus loin sur le gigantesque territoire où je n'arrive pas à trouver de repères. Une balade dans les dessins qui m'amusaient tellement, petite : deux points noirs sur une feuille blanche, un ours polaire dans une tempête de neige.

Je jette un œil à Nathan, affalé dans le traîneau, je ne sais pas s'il connaît cette vastitude par cœur, s'il peut tracer son chemin les yeux fermés comme je pourrais le faire dans la forêt de mon enfance.

Il allonge son bras hors du *qamutiik*, effleure du bout des doigts la neige fine qui se soulève sur notre passage. Je me demande s'il pense à Mickael parfois, si sa présence et son absence se superposent quelque part dans sa tête.

Je me penche derrière Aida, cherchant à échapper à la puissance des bourrasques. Elle poursuit sa route sans broncher sous les rafales, manœuvrant doucement l'imposante machine.

Devant nous, un amas de rochers perce soudain le couvert neigeux, marque un rare changement dans la palette de couleurs. Aida s'arrête à une vingtaine de mètres, éteint le moteur. Le silence prend par surprise, envahissant l'espace, troublé seulement par le souffle rauque du vent. Aida descend de sa monture, replace la carabine sur son dos. Elle avance un petit pas à la fois ; ses pieds sont menus, bien protégés par ses *kamiik*.

Dans le *qamutiik*, Nathan me fait signe d'attendre. Aida s'accroupit derrière une roche, couche son fusil en joue. Elle se tient complètement immobile, se fondant peu à peu au paysage.

POW ! POW ! POW !

J'échappe un petit cri. Nathan éclate de rire et s'extirpe du traîneau.

Qaigit.

(Viens.)

Au creux des rochers, trois lagopèdes gisent par terre, le plumage maculé de sang. Nathan saisit les bêtes par les pattes, me tend un des oiseaux avec un sourire taquin.

This one's yours.

J'accepte maladroitement le cadeau, tente de le tenir à la manière de Nathan, qui s'éloigne avec sa grand-mère pour escalader le monticule de pierre. Je les suis avant qu'ils ne s'éclipsent de l'autre côté ; au bout de mon bras, l'oiseau oscille au rythme de mes enjambées, sa tête frôlant la neige volatile.

Aida s'appuie sur Nathan, s'allonge à l'abri d'une paroi rocheuse. Nathan se recroqueville à ses côtés, surveillant les alentours. Au-dessus de nos têtes, les nuages s'étirent pour se frotter au sommet des montagnes, enveloppent le décor d'une brume vaporeuse.

Je pose soigneusement l'animal sur le sol et je m'agenouille sur la toundra poudrée de blanc. Les lagopèdes s'enfouissent sous la neige pour dormir, il paraît.

POW ! POW !

Nathan agite son bras dans ma direction, désigne ensuite un point devant lui.

Avani!

(Là-bas !)

Je reprends l'oiseau inerte, marche dans le sens indiqué. Il me faut un moment pour retrouver les bêtes ; il y en a deux, cette fois. Je les ramasse de ma main libre et je retourne vers mes compagnons de chasse, les bras tendus par le poids des *aqiggiit*.

Aida me regarde attentivement, prononce des mots que Nathan traduit pour moi.

She says it's the best food. You're never hungry when you eat that.

Elle ajoute une autre phrase, les yeux pétillant d'une lueur malicieuse.

Qukiuti.

(Fusil.)

Nathan dépose ses prises au pied du rocher, prend la carabine des mains de sa grand-mère.

She wants me to show you how to hold the gun.

Un long frisson me parcourt le corps : l'excitation et la peur qui se mélangent, peut-être. Je tente de ralentir ma respiration qui s'affole, je retire ma cagoule, offrant mon visage au vent mordant.

Je couche les lagopèdes sur la neige. Nathan m'invite à poser un genou par terre. Je m'installe tant bien que mal, tâchant de trouver l'équilibre sur le sol rocailleux. Nathan vérifie ma position, me tend la carabine. Il place lui-même mes mains aux bons endroits, répète patiemment des explications que j'entends à peine, les oreilles emplies d'un étrange bourdonnement.

Look in there.

Dans le viseur, je ne vois que du blanc, incapable de distinguer un lagopède ou un lièvre ou un renard, mais je ne tirerais pas, de toute façon.

Nathan recule de quelques pas.

Good. You're all set.

Mes épaules se détendent légèrement. J'avale de grandes bouffées d'air glacé ; le froid me traverse le corps, me décrasse lentement de la gorge aux poumons.

L'image devient plus nette dans le viseur. J'imprime la toundra sur ma rétine, je tiens l'arme solidement.

Not bad. Next time I'll show you how to shoot.

–40

La bannique souffle son haleine chaude dans tout le gymnase, tirant irrésistiblement les visiteurs vers la grande table posée contre le mur. Les élèves de Lise s'agglutinent autour de la version dessert, comparant la quantité de pépites de chocolat dans leurs parts respectives. Leurs voix surexcitées transforment le rythme habituellement linéaire de la langue en une mélodie sautillante, ponctuée par des éclats stridents.

Anginirsamik pigumavunga!

(J'en veux un plus gros !)

Je me contente de la classique, nature, j'enveloppe un morceau dans une serviette de papier. Je glisse une poche d'orange pekoe dans une tasse d'eau bouillante, verse une cuillérée de sucre, une autre encore.

J'hésite à en mettre une troisième. Une fillette m'observe d'un œil expert.

Tu dois mettre plus !

Je laisse la cuillère suspendue dans les airs un instant, dubitative, puis j'ajoute la dose supplémentaire.

La petite approuve, lève son pouce.

Je transporte prudemment le liquide brûlant, freine in extremis pour éviter un enfant courant à vive allure. Il file au fond de la pièce, s'arrête brusquement devant le sapin illuminé. Agenouillé sur le plancher, un bambin examine les cadeaux décoratifs disposés au pied de l'arbre. Il choisit un gros paquet rectangulaire, déchire une large bande de papier coloré.

Le plus grand s'accroupit, offre une canne de bonbon au petit, réussissant à le distraire assez pour replacer l'emballage arraché. Derrière eux, Denis accueille les parents qui circulent entre les œuvres, serrant des mains comme un politicien en pleine campagne électorale.

Il se retourne pour saluer une jeune fille qui ne bronche pas, les yeux rivés sur un des poèmes.

Je m'approche à petits pas, regarde discrètement par-dessus son épaule.

Angirraq.

(Chez-soi.)

Au-dessus du texte, une jolie maison verte se détache sur un paysage enneigé.

C'est vrai qu'il est beau, celui-là.

Emalla sursaute, rigole en m'apercevant.

Je suis contente de te voir !

Ses joues se colorent d'une légère teinte de rose.

Moi aussi.

Je me demande si elle est venue toute seule, si son papa a déjà remarqué comme elle est douée pour les langues. Je balaie discrètement la salle du regard ; je ne vois personne de sa famille.

Aimerais-tu t'asseoir avec nous ?

Je pointe Mary qui somnole sur une chaise, son vieux *nasaq* vissé sur le crâne.

OK.

Elle me suit jusqu'à la table. Je dépose la tasse fumante devant Mary qui se redresse, se frotte les yeux.

Regarde qui j'ai trouvé !

Elle sourit à la vue d'Emalla, désigne la chaise libre à ses côtés.

Je m'installe en face, je divise la bannique en trois et je distribue les parts. Mary souffle sur la boisson chaude, enserre la fine porcelaine de ses mains robustes. Elle boit une première gorgée, puis trempe sa *panirtitaq* dans le thé et l'avale en deux bouchées.

Elle pousse un long soupir de contentement.

Je me retiens pour ne pas me ruer sur le buffet et lui rapporter un autre morceau, juste pour le plaisir de la voir manger avec enthousiasme. Je m'autorise à rester sur mon siège, savourant le silence confortable qu'on partage parfois avec les mères, les grands-mères.

Nakurmiik qaigavit.

(Merci d'être venue.)

Mary me regarde avec douceur au-dessus de sa tasse, pivote lentement vers les poèmes suspendus tout autour de la salle.

Je suis contente de voir ça. Les enfants ont écrit des belles choses.

Je fais signe que oui.

Ils ont été super bons. Je suis chanceuse d'avoir pu les lire.

Je touche le bras d'Emalla, occupée à déguster sa bannique.

Et je suis très chanceuse d'avoir eu Emalla pour m'aider. J'aurais pas été capable toute seule.

Mary s'incline dans sa direction, lui parle doucement, sans hausser le ton, malgré le crissement des espadrilles sur le sol, l'écho des conversations qui se répercutent contre les murs, les voix féminines perchées au-dessus du brouhaha.

Oh, j'ai oublié !

Emalla fouille dans sa poche, en tire une feuille pliée en quatre.

Je voulais donner ça à toi.

Je déplie le papier froissé, déchiffre le titre.

Piqatiga.

(Mon amie.)

Emalla échappe un rire gêné.

C'est un poème pour mon chien.

Je pose mon doigt sous la première ligne. Je décode les syllabes sans trop de mal, mais les mots se perdent en route au lieu de se fixer dans ma mémoire, n'apparaissent plus une fois rendue à la fin de la phrase.

Emalla relit gentiment.

Nakurmiik qaisuungugavit. Ça veut dire « merci pour être ici ».

Je répète la phrase une fois, deux fois. Les mots s'impriment tranquillement dans ma tête.

Est-ce que je pourrais ajouter ton poème au livre ?

Emalla grignote ses dernières miettes de bannique avant de répondre.

OK.

Je fais glisser le poème vers Mary qui fouille dans son sac, pose ses lunettes sur son nez. Elle lit avec attention, articulant silencieusement les mots, accompagnant sa lecture de légers hochements de tête.

Piujualuk!

(C'est très beau !)

Mary déplace sa chaise pour se rapprocher d'Emalla, indique sur la feuille un passage qu'elle commente avec enthousiasme. Emalla répond timidement à ses compliments, se penche à son tour sur son texte.

Quelque chose vacille une seconde dans ma poitrine ; mon cœur, peut-être, qui a sauté un battement. La complicité entre deux femmes, une toute jeune, une plus vieille.

On peut la perdre, on peut la trouver aussi.

Autour du sapin, les enfants se bousculent en criant, se disputent les ornements les plus scintillants. L'arbre tangue dangereusement sans qu'ils interrompent leurs jeux, s'entassant toujours plus nombreux au milieu des paquets enrubannés. Un peu plus loin, des parents placotent en sirotant un café sans se laisser distraire par le joyeux chaos.

Une voix s'élève soudain dans la cacophonie, une voix traînante qui déclenche une cascade de gloussements d'adolescentes. Je jette un coup d'œil à Mary et Emalla, plongées dans une discussion animée, leurs deux têtes se touchant presque au-dessus de la feuille, puis je me lève, me dirige vers cette voix si facilement reconnaissable.

Elle se tient au centre du groupe, drapée dans le col de fourrure de son manteau, lunettes noires sur le nez, bottes à talons aux pieds et fleur mauve piquée dans son éclatante chevelure rouge. De longues boucles d'oreilles valsent gaiement chaque fois qu'elle tourne la tête vers Louisa, à sa droite, ou Elisapie, à sa gauche.

Tout juste derrière, Sarah ferme la marche avec Serena, coiffée d'une tuque de père Noël.

Wow ! Je pensais pas que vous alliez venir ! Aliasuppunga!

(Je suis contente !)

Maggie remonte ses verres fumés, plonge la main dans un sac de cœurs à la cannelle.

Who knows, maybe I'm a big fan of poetry.

Elle m'offre une friandise, déverse une petite montagne de bonbons au creux de ma paume. J'en enfouis une dizaine dans ma bouche d'un coup, malgré le goût piquant qui me brûle jusqu'aux narines.

Je retiens une grimace.

Ah oui ? Je vais t'envoyer une copie du livre d'abord.

Maggie rejette ses cheveux sur son épaule, replace ses lunettes sur son nez.

Elle m'adresse son sourire de rock-star, un cœur rouge coincé entre les dents.

–41

Ukiuq.

(Hiver.)

Le grondement de la rivière a laissé place au silence. Les bassins creusés ici et là se sont transformés en miroirs imperturbables ; on ne pourrait deviner que des enfants s'y ébattaient à l'abri des grosses pierres, par une belle journée de *tuvaijaarut*.

(Moment où la banquise se retire. Juillet.)

J'avance prudemment entre les rochers à demi ensevelis, les jambes alourdies par les bottes massives. Au tournant de la courbe, la chute se révèle enfin, tapie au fond de la vallée.

Le froid en a fait une force immobile, presque impossible à distinguer du simple banc de neige. Ses flancs escarpés disparaissent sous une épaisse croûte blanche, dissimulant les surfaces glacées ; le danger invisible, qui pourrait m'expédier au fond de la crevasse sans que personne le sache.

J'entreprends la montée à petits pas, empêtrée dans mes vêtements d'hiver. L'air glacé apaise mes poumons surchauffés, s'infiltre sous le manteau entrouvert pour rafraîchir mon corps en sueur.

La toundra ne remue pas d'un poil, bien enfouie sous la neige. Il pourrait y avoir un lagopède tout près, ou un renard, plumes ou fourrure hérissées par le vent, sans que j'arrive à les repérer.

La bordure de la falaise se dessine un peu plus loin. J'approche encore, quelques enjambées hésitantes avant de m'arrêter sur la corniche.

Qurlutuq.

Le torrent s'est figé en plein vol, emplissant le vide comme une monumentale sculpture de verre soufflé, tatouée de flocons fossilisés dans la glace.

Je m'appuie sur une roche, je reprends lentement mon souffle.

Dis-moi qu'il y a de la neige à Montréal.

Gabriel souriait à l'autre bout du fil.

Pas beaucoup. Ici le monde fait juste chialer qu'il fait frette. Je m'ennuie de ton amour de l'hiver.

Je glisse une poignée de neige sous mon col. Elle fond doucement, ruisselle le long de mon cou.

À l'embouchure du fjord, les blocs de glace s'accumulent en désordre, promesse lointaine de banquise, à moins qu'ils n'arrivent à se libérer et à s'échapper vers l'océan.

C'est beau ici, mais on est loin de la mer.

Ma mère assise les pieds dans la rivière de mon enfance, les yeux rêveurs. Elle ne se mouillait jamais plus haut que les chevilles, elle préférait les vastes profondeurs pour s'immerger. Comme sur la photo prise sur une île quelque part au milieu du Saint-Laurent, du temps où je n'existais pas encore : elle nage dans le fleuve en souriant, son visage baigné de lumière de fin d'été.

Toutes les images entassées pêle-mêle dans une énorme boîte. Un ancien portrait d'écolière, ses yeux trop vieux pour une enfant, traversés par un éclat de tristesse.

Ses histoires à elle, que je n'entendrai pas.

Au-dessus du fjord, le vent soulève une fine couche de neige, la fait danser en légers tourbillons. Peut-être de la dentelle pour enjoliver le décor, peut-être les premiers signes d'un blizzard. Ou juste une autre journée d'hiver ordinaire, la saison qui suit tranquillement son cours, indifférente à nos tumultes.

NOTES

Le poème *Nunaapiga* présenté dans le chapitre 6 a été composé par Nicolas Pirti-Duplessis, qui a généreusement permis son utilisation. La traduction est de Marc-Antoine Mahieu, en collaboration avec l'auteure.

Le chapitre 31 reprend la définition de *qakurtaq* (blanc) telle qu'énoncée par Taamusi Qumak dans son dictionnaire *Inuit Uqausillaringit* publié par l'Institut culturel Avataq en 1991.

Le poème qui se trouve dans le chapitre 34 est une création de Miaji Qisaruatsiaq Ivillaq, qui a aimablement accepté qu'il y apparaisse. Il a été traduit par Marc-Antoine Mahieu, en collaboration avec l'auteure.

Le chapitre 35 contient un extrait des paroles de la chanson *Quand vous mourrez de nos amours*, composée par Gilles Vigneault.

Deux poèmes de Saima Michaud sont reproduits dans ce livre, avec sa permission : un extrait de *Aupartuq, nunaujaq, qirnitaq*, dans le chapitre 35, et une adaptation de *Ukiaq*, dans le chapitre 38. Marc-Antoine Mahieu a traduit ces textes, en collaboration avec l'auteure.

NOTE DE L'AUTEURE

Contrairement aux recommandations de l'Office québécois de la langue française en 1993, je considère les mots « inuk » et « inuit » comme invariables en genre et ne nécessitant pas l'ajout d'un « s » au pluriel.

REMERCIEMENTS

Merci au Conseil des arts du Canada pour son soutien financier.

À toute l'équipe de la Peuplade pour la patience et la foi.

À Marc-Antoine Mahieu pour son enseignement passionnant, pour la traduction des poèmes et la correction de l'inuttitut.

À Nicolas Pirti-Duplessis, Miaji Qisaruatsiaq Ivillaq et Saima Michaud pour les superbes poèmes en inuttitut.

À Korinne Le Blanc, sans qui je ne serais peut-être jamais allée au Nunavik.

À tous.tes les ami.e.s qui ont répondu à mes questions loufoques au fil des ans, que ce soit sur la mécanique d'un quatre-roues ou sur la façon de dépecer une bernache.

Aux lectrices et aux lecteurs qui se sont aventuré.e.s dans mon chantier d'écriture et qui m'ont offert de précieux commentaires : Frédérique Dubois, Julie Roch, Frédérick Lavoie, Anita Anand, Jean Désy et Amanda Perry.

Finalement, de tout mon cœur, merci à Andrew Katz, à qui je dédie ces mots de E.B. White : « Il est si rare de rencontrer un vrai ami et un bon écrivain, et [Andrew est] les deux. »

DANS LA MÊME COLLECTION

FICTIONS

BOUCHARD, Mylène, *Ma guerre sera avec toi*, 2006
BOUCHARD, Mylène, *La garçonnière*, 2009; 2013; 2020
BOUCHARD, Mylène, *Ciel mon mari*, 2013
BOUCHARD, Mylène, *L'imparfaite amitié*, 2018
BOUCHARD, Sophie, *Cookie*, 2008
BOUCHARD, Sophie, *Les bouteilles*, 2010
BOUCHET, David, *Soleil*, 2015
CANTY, Daniel, *Wigrum*, 2011
CARON, Jean-François, *Nos échoueries*, 2010
CARON, Jean-François, *Rose Brouillard, le film*, 2012
CARON, Jean-François, *De bois debout*, 2017
D., Louise-Amada, *Au temps sublime*, 2022
DeCHAMPLAIN, Virginie, *Les falaises*, 2020
DESCHÊNES, Marjolaine, *Fleurs au fusil*, 2013
DESJARDINS, Antoine, *Indice des feux*, 2021
DROUIN, Marisol, *Quai 31*, 2011
GAGNÉ, Mireille, *Le lièvre d'Amérique*, 2020
GUAY-POLIQUIN, Christian, *Les ombres filantes*, 2021
KAWCZAK, Paul, *Ténèbre*, 2020
LAVERDURE, Bertrand, *Bureau universel des copyrights*, 2011
LAVERDURE, Bertrand, *La chambre Neptune*, 2016

LEBLANC, Suzanne, *La maison à penser de P.*, 2010
LÉTOURNEAU, Sophie, *Chasse à l'homme*, 2020
LÉVEILLÉ-TRUDEL, Juliana, *Nirliit*, 2018
LÉVEILLÉ-TRUDEL, Juliana, *On a tout l'automne*, 2022
MARCOUX-CHABOT, Gabriel, *La Scouine*, 2018
Mc CABE, Alexandre, *Chez la Reine*, 2014
Mc CABE, Alexandre, *Une vie neuve*, 2017
NASRALLAH, Dimitri, *Niko*, 2018
(traduit de l'anglais par Daniel Grenier)
NASRALLAH, Dimitri, *Les Bleed*, 2019
(traduit de l'anglais par Daniel Grenier)
SCALI, Dominique, *Les marins ne savent pas nager*, 2022
TANNAHILL, Jordan, *Liminal*, 2019
(traduit de l'anglais par Mélissa Verreault)
THÉORET, France, *Les querelleurs*, 2018
TREMBLAY, Larry, *Tableau final de l'amour*, 2021
TUCKER, Aaron, *Oppenheimer*, 2020
(traduit de l'anglais par Rachel Martinez)
VERREAULT, Mélissa, *Voyage léger*, 2011
VERREAULT, Mélissa, *Point d'équilibre*, 2012
VERREAULT, Mélissa, *L'angoisse du poisson rouge*, 2014
VERREAULT, Mélissa, *Les voies de la disparition*, 2016
VILLENEUVE, Mathieu, *Borealium tremens*, 2017

La Peuplade a été fondée
par Mylène Bouchard
& Simon Philippe Turcot.

Design graphique et mise en page
Atelier Mille Mille

Direction littéraire
Mylène Bouchard

Édition
Mylène Bouchard
Paul Kawczak
Marc-Antoine Gilbert

Révision linguistique
Pierrette Tostivint

Correction d'épreuves
Caroline Louisseize

•

Illustration en couverture
Mariery Young

On a tout l'automne a été mis en page en Lyon,
caractère dessiné par Kai Bernau
en 2009 et en Din Next, caractère dessiné
par Akira Kobayashi en 2009.

Achevé d'imprimer en France
par CPI en juin 2022.

No. d'impression : 2063576